LA BEAUTÉ DU CIEL

Fille de Romy Schneider, Sarah Biasini est une comédienne et autrice française. *La Beauté du ciel* est son premier roman.

SARAH BIASINI

La Beauté du ciel

STOCK

Ouvrage publié avec le concours
de Florence Sultan

© Éditions Stock, 2020.
ISBN : 978-2-253-93494-3 – 1re publication LGF

« Retrouver les traces, même les plus infimes, de cette part sauvage qui porte en elle la vie et la mort ensemble, mais du côté du vivant, c'est-à-dire animé du mouvement de la métamorphose. »

Anne DUFOURMANTELLE,
La Sauvagerie maternelle

« La mort est le berceau de la vie. »

Jacques HIGELIN

Dans trois semaines, tu seras née.

Le médecin a dit : date de conception 20 mai 2017, naissance 20 février 2018. Il a fait ses calculs sur la base des miens, sans oublier la marge d'erreur.

Donc, j'attends.

Ces neuf mois touchent à leur fin, et je touche moi-même, pour quelques fois encore, ce ventre rond.

Il me semble prêt à exploser tant ma peau s'étire sous l'effet des premières contractions, dites « d'entraînement », sans douleur. Tu peux arriver cette nuit, demain, comme dans dix, dans quinze ou dans vingt jours.

En attendant, je t'écris.

Il y a toujours un point de départ à l'histoire que l'on veut raconter. Un événement qui déclenche d'autres événements, petits et grands. Les voici dans l'ordre dans lequel ils me sont apparus pour certains, réapparus pour d'autres.

Le téléphone sonne, dimanche 1er mai 2017, aux environs de 10 heures. Gilles est parti au cinéma des Halles, pour la première séance de la journée, je ne me rappelle plus du film. J'ai hésité puis, finalement, ne l'ai pas accompagné.

Le téléphone continue de sonner, je ne décroche pas, je ne connais pas le numéro qui m'appelle ce matin-là. Un message est laissé mais je finis ce que je suis en train de faire, je ne sais plus quoi, la vaisselle sans doute.

Si, je le sais très bien, il n'y a pas de peut-être, je suis dans la cuisine, il fait beau d'ailleurs, je me souviens des rayons de soleil qui traversent largement l'appartement.

J'écoute enfin la boîte vocale.

« Bonjour, gendarmerie de Mantes-la-Jolie, chef d'escadron D. M., ne vous inquiétez pas (une précaution de ce genre), mais la tombe de votre mère a été profanée dans la nuit. » La fin du message est floue dans ma mémoire. Probablement l'usuel « vous pouvez me joindre à tel numéro », etc.

Je rappelle et tombe directement sur cette capitaine, elle m'a donné son numéro de portable personnel, c'est un jour férié, elle n'est pas censée travailler.

Sa voix, douce et perchée, contraste avec les faits qu'elle m'expose.

Ils s'y sont pris à coups de pied-de-biche pour desceller la pierre tombale du socle. Puis, les individus en question (j'imagine forcément deux personnes au moins, vu la taille de la pierre) l'ont fait glisser pour laisser une ouverture en biais d'une vingtaine de centimètres. La capitaine me rassure très vite : le cercueil n'a pas été atteint, puisqu'une dalle de béton, placée sous la pierre tombale, le protège. Ils n'ont pas été au-delà de cette dalle, recouverte d'eau, paraît-il, de toute l'humidité accumulée depuis trente-cinq ans. Je lui demande : « Qui a prévenu la gendarmerie ? » Un cycliste du dimanche qui passait par là (étrange de faire une halte dans un cimetière, bon). Toujours au téléphone, je continue de poser des questions : « Dans quel état la tombe a-t-elle été trouvée ? Est-ce qu'il y a beaucoup de dégâts, la pierre a-t-elle été fendue ? » Elle me rassure, non, il n'y a pas eu trop de casse, à part des pots de fleurs déplacés et un ou deux vases tombés au sol. Elle a pris une photo quand elle est arrivée sur les lieux, elle propose de me l'envoyer, j'accepte. Je vois la pierre descellée, l'espace entrouvert, le trou d'un noir vertigineux. Un espace insuffisant pour attraper quelque chose ou tomber dedans, comme s'ils n'avaient pas fini ce qu'ils étaient en train de faire, qu'ils s'étaient arrêtés en cours de route, déçus, repentants ou surpris par un bruit suspect.

Je finis par lui demander ce que je suis censée faire maintenant. Elle m'explique que la police scientifique intervient pour tenter de relever des empreintes et que le marbrier est là pour ressouder la pierre tombale à son socle.

« Est-ce que je dois venir ?

— Si vous le souhaitez, bien sûr »

Le temps d'une seconde, j'envisage de rester chez moi, de ne pas bouger, de maintenir ce lieu éloigné de mes préoccupations, à distance. Je me reprends aussitôt, regrettant d'avoir hésité. Je lui dis au téléphone de m'attendre, je serai sur place dans deux heures. Elle patientera évidemment. Elle me demande d'être prudente sur la route, je pleure depuis le début de notre conversation.

Assise, accoudée à la table de la cuisine, je pense : encore un événement sordide. Qui peut vouloir faire une chose pareille ?

Je ne sais pas pourquoi je pleure autant. C'est presque trop, j'ai du mal à me calmer. Elle est déjà morte de toute façon. Ça ne peut pas être pire. Mais il faudrait quand même la laisser tranquille une bonne fois pour toutes. Même dans la mort, on vient l'abîmer. « Reposer en paix » ne pourrait pas être plus à propos.

J'essaie de joindre Gilles mais son téléphone ne vibre même pas, il l'a éteint puisqu'il est toujours au cinéma. Je laisse un message : « Rappelle-moi quand tu sors. » J'appelle ensuite mes grands-parents paternels pour les prévenir et emprunter leur voiture. Je suis déjà chez eux quand Gilles me rappelle et me demande de l'attendre, il insiste pour m'accompagner au cimetière. Ce n'est pas ma première envie mais je cède, poussée par le soulagement qu'expriment

Monique et Bernard à l'idée que je n'y aille pas seule. Je voudrais partir sur-le-champ. Le soleil est toujours là.

Gilles conduit mais, après une pause dans une station-service pour demander notre chemin, je passe mes nerfs en prenant le volant.

Nous roulons. Il ne se passe pas grand-chose dans mon esprit à part une sidération qui gèle toute pensée. Je me concentre sur la route. Silence dans la voiture. Nous arrivons dans ce petit village perdu des Yvelines. Boissy-sans-Avoir.

Sans-Être non plus. Quel triste nom.

Je peine à retrouver le cimetière, j'y suis allée en tout et pour tout trois fois dans ma vie. Je n'ai nul besoin de ce genre de lieu pour penser aux morts. Pour me guider, je lève la tête et cherche le clocher de l'église. Je passe devant les grilles du cimetière, je vois un attroupement, *c'est là*. Je fais demi-tour et cherche une place. Je tente un pauvre créneau mais je commence à trembler. Mes bras et mes jambes me lâchent, ne remplissent plus leur fonction. « Descends, je vais garer la voiture », me dit Gilles.

Je sors, le groupe devant le cimetière m'a vue arriver (on ne peut pas dire que la circulation est dense dans le village), ils me reconnaissent. Je vois leurs visages puis leurs corps se tourner vers moi pour m'accueillir. Je m'avance, lentement, j'attends que Gilles me suive. Il voulait m'attendre dans la voiture, j'ai refusé. Il garde néanmoins la bonne distance, celle du *Ne te préoccupe pas de moi, fais ce que tu as à faire, je suis là si tu as besoin de moi.*

14

La capitaine, en civil, enceinte, cela me revient maintenant (de son deuxième, elle me le dira plus tard), est assistée d'un policier, lui en uniforme.

Le marbrier est là aussi. L'entreprise de ce tailleur de pierre est familiale, il a repris, avec son frère jumeau, l'activité de leur père à qui l'on avait fait appel en 1982, au décès de ma mère.

Nous sommes, ces jumeaux et moi, la génération suivante, nous reprenons le flambeau. Le maire du village est là aussi, le même qu'il y a trente-cinq ans.

Nous sommes toujours devant la grille du cimetière, Gilles un peu en retrait, derrière moi, respectueux. Je n'arrête pas de tripoter l'anse de mon sac de ma main gauche. Je m'en fais la remarque sur l'instant. Je canalise mon émotion dans cette main qui s'agite, qui a besoin de serrer quelque chose, de se contracter pour se distraire du chagrin.

J'ai la gorge étranglée, heureusement je n'ai rien à dire, je les écoute m'exposer à nouveau les faits. Je me concentre sur la douceur de chacun de ces regards sur moi, gonflés d'empathie et de compassion. Je dois rester digne et contenir le tremblement de mon menton. Il y a quelques minutes, j'ai réussi à sortir de la voiture, je suis maintenant debout, je m'attache au sol qui me porte.

Ils parlent longuement. Nous restons longtemps devant ces grilles, loin du lieu du crime, de l'effraction, pour se préserver, me préserver.

Ils retardent le moment de m'emmener devant la tombe.

Enfin, nous passons la grille. Tout le monde baisse la tête, moi avec eux.

Une centaine de tombes, petit village, petit cimetière. Le bruit des graviers sous nos pas. Qu'est-ce que je fais là ?

À cette heure-ci, j'aurais rejoint Gilles à la sortie du cinéma, nous devrions être en train de déjeuner tranquillement, en terrasse, rue Montorgueil par exemple.

Je lève le regard quelques secondes pour visualiser l'emplacement de la tombe. Cet endroit qui pique les yeux. Que je ne veux pas voir.

Ils ont tout remis en ordre pour mon arrivée, tout a repris sa place, comme au jour de l'enterrement (j'imagine, je n'y étais pas). Je remarque le passage de la police scientifique, il reste des traces de leur produit vert fluorescent sur les côtés de la pierre tombale et sur les vases. J'ai l'impression d'être dans une mauvaise série policière. Les marbriers ont rescellé la pierre. Les fleurs, en bouquets ou en pots, sont indemnes.

La tombe est intacte, tout le monde a fait son travail, maintenant je dois faire le mien. Mon chéquier est dans la poche arrière gauche de mon jean. Je suis prête à payer, à régler mes comptes avec le passé, comme on dit si bien. Je fais mon devoir de fille. Je m'occupe de ma mère, je range sa mort à l'endroit où l'on a dû la laisser.

Je regarde la tombe sans la regarder. Elle me rappelle qu'elle a été vivante mais qu'elle ne l'est plus. Les deux états s'opposent et l'un met l'autre en exergue. Elle était vivante mais elle est morte mais elle était vivante mais elle est morte mais elle était…

16

Je ne veux pas penser que c'est ma mère, la moitié de qui j'étais à la naissance, une partie de mon histoire, qui est là, sous la terre.

Il y a mon frère aussi là-dessous. Enterrés ensemble.

Les minutes passent. Je pose des questions aux jumeaux marbriers, j'échange encore avec D. M. Je sors mon chéquier, je serre les mains, je remercie avec sincérité. Je dis au revoir, ils me rappelleront.

Ça pique toujours les yeux. Je ne veux pas m'attarder sur les noms gravés dans la pierre. Ça ne m'intéresse pas. La mort ne m'intéresse pas. Je la connais, elle m'est familière. Une partie de mon sang est froide aussi. Avec eux. Je suis un robot.

Je parle d'eux comme d'étrangers. Des êtres éloignés, maintenus à distance.

Je n'ai plus rien à faire dans ce cimetière. Dans un moment de folie, je pourrais m'allonger sur la tombe et caresser la pierre comme si j'avais les cheveux de ma mère entre mes mains. Je ne le ferai pas, je sais me tenir. Je veux repartir vite. Gilles, adossé à un muret, m'attend. Cette fois, c'est lui qui conduira. Je suis trop sonnée et fatiguée de m'être retenue. Il est là.

Au téléphone, D. M. m'a prévenue que des journalistes ont déjà téléphoné à la mairie de Boissy.

Au cimetière, un hélicoptère nous a survolés avec insistance, me semble-t-il, et j'ai eu le réflexe de penser que nous étions observés. Je demande comment ces journalistes ont été prévenus. C'est le cycliste du dimanche qui a cru l'idée bonne. Finalement, pas de retentissement, juste une annonce AFP et quelques radios qui en parlent.

Aujourd'hui, Gilles lit ces pages. Il m'explique que je me trompe, une chaîne d'information en continu l'annonce ce jour-là. Nombre de nos amis ont appelé ce soir de 1er mai pour prendre de mes nouvelles. Pourquoi ne m'en rappelais-je plus ? Parce que ce n'est pas, ou trop, important ?

Je ne peux pas parler d'une mère comme les autres. Irait-on profaner la tombe de n'importe qui ? Ma mère est célèbre. J'aimerais dire que sa notoriété est accessoire mais je mentirais. Je ne vais pas commencer à mentir et encore moins à toi à qui je raconte cette histoire, ma fille de deux ans et demi.

Je n'aime pas dire son nom. Celui auquel elle répondait quand d'autres l'appelaient. Je suis sa fille, on n'appelle pas ses parents par leur nom. On dit ma mère, ou on dit mon père. Un jour, je devais avoir six, sept ans, j'ai appelé mon père par son prénom, comme ça, pour rigoler, jouer à l'adulte. « Daniel ! » (je le trouve beau ce prénom). Je n'ai pas tout de suite compris pourquoi il s'était énervé, pourquoi ça avait l'air de le gêner. Pour sa fille, il ne voulait qu'une seule identité, celle du père.

Si j'écrivais ici le nom de ma mère, j'aurais l'impression de parler de quelqu'un d'autre, d'une étrangère. Son nom d'actrice, de travail, ne lui appartient presque plus et j'ai l'impression qu'à moi, il n'a jamais appartenu. Son nom de jeune fille, toutes les biographies l'ont déjà écrit. Ce n'est pas grave, c'est comme ça, elle était déjà célèbre bien avant que je naisse. L'appeler « ma mère », il n'y a rien de plus beau. Personne à part moi ne peut le faire. Je ne vais pas m'en priver.

Tout le monde peut dire le nom de ma mère. Tout le monde la connaît ou a entendu parler d'elle. Surtout ceux qui ont entre quarante et quatre-vingts ans aujourd'hui. Les moins de vingt ans, ça ne leur dit rien, sauf s'ils ont grandi en regardant les *Sissi* à la télévision, pendant les vacances de Noël, s'ils ont des parents cinéphiles, amoureux des films de Claude Sautet.

Ma mère est inoubliable. Pour son travail d'actrice, pour les hommes qu'elle a aimés, pour la mort tragique de son premier enfant, son fils David, mon demi-frère, mon frère un point c'est tout. À peine un an avant sa mort à elle.

Personne ne veut oublier ma mère, à part moi. Tout le monde veut y penser, sauf moi. Personne ne pleurera autant que moi si je me mets à y penser.

On me parle d'elle en disant son nom au lieu de dire « ta mère », « votre mère ». Comme si je n'étais pas là, devant eux. Je ne comprends pas ce qu'ils disent. Je ne les écoute déjà plus. De qui parlent-ils ? Son nom ne m'intéresse pas, il n'y a que ma mère qui m'intéresse.

Combien de fois ai-je répondu « non » quand, dans la rue, des gens que je ne connaissais pas me demandaient si j'étais sa fille. Je voulais la paix. Éviter les questions, la gêne, les regards appuyés, disproportionnés, trop proches. Je ne sais pas gérer ces situations. À l'impudeur des inconnus, j'oppose une froideur. Je stoppe net, non ce n'est pas moi. Que répondre à leurs « Je l'aimais tellement ». Je n'arrive pas à partager leur amour pour elle, leur manque d'elle. Mon amour et mon vide me semblent mille fois supérieurs. Je ne suis pas la bonne interlocutrice pour eux. J'en suis désolée.

Parfois je réponds « oui ». Je suis de meilleure humeur, j'entends une douceur, un respect plus grand. Je sens que, même si je parle, le silence suivra.

Tout est toujours affaire de rencontres. Et de distance.

Je reviens à cette journée du 1er mai.

Qui profane les tombes ? Les antisémites ? Les chasseurs de trésors ? Les admirateurs fous ? La chef d'escadron me fait comprendre que les responsables seront difficiles à identifier. Ils vont interroger des habitants au café du village mais elle n'y croit guère. Elle a raison. Mystère. Le reste de ma famille classe rapidement cet événement sans suite, produit d'un ou plusieurs déséquilibrés. Ils ont raison aussi, c'est un épiphénomène, comparé à ce que nous avons vécu. Le pire est déjà derrière nous.

Je suis préoccupée par autre chose. Je ne sais pas si je veux pleurer ou me réjouir de cette journée. Ou les deux à la fois. De retour à la maison, je me demande ce que je vais bien pouvoir faire de cet événement. Une partie de moi comprend très bien la part de hasard là-dedans. Une autre essaie de lui donner un sens. Toujours hébétée, je répète à Gilles : « Qu'est-ce que ça me raconte tout ça ? Qu'est-ce que ce truc veut dire ? Pourquoi c'est arrivé ? Je dois en faire quelque chose. Tout ceci est prétexte à... quoi ? C'est quoi ce truc de dingue ?! »

J'ai besoin d'y réfléchir avec quelqu'un d'autre, qui me connaît depuis plus longtemps, qui elle aussi connaît la mort et a le sang-froid nécessaire pour gérer l'émotion de l'amie, tendre l'oreille. Caroline a entendu la nouvelle de la profanation à la radio, elle m'a suivie une partie de la journée par téléphone.

Avec elle, ce même soir, je pose à haute voix mes questions et nous convenons que tout cela doit me servir à faire mon deuil, un peu plus.

Que veut dire cette expression opaque et ridicule, puisqu'impossible ? D'après mon Petit Robert 2008, deuil vient du latin *dolus*, douleur. *Dolere*, souffrir. Faut-il comprendre : Faire sa douleur ? Aller au bout d'elle ? Jusqu'à ce qu'elle se transforme en autre chose ? En quoi ? En quelque chose de supportable ?

« Le travail du deuil est le processus psychique par lequel une personne parvient à se détacher de la personne disparue, à donner du sens à cette perte. » Vient ensuite une citation de Noëlle Châtelet : « Le travail de deuil... Une succession d'actes : désenfouir, déterrer, pour revoir, une dernière fois, contempler le passé, le parcours accompli d'une vie. »

Tiens donc. En théorie, oui, dans la pratique, c'est autre chose.

Pour l'instant, il me semble incroyable de vivre une chose pareille. Je réenterre ma mère, je paie pour son enterrement, et tout cela se déroule, cette fois, dans la plus stricte intimité. Comparé au ramdam de l'époque, ce ne sont pas mes nouveaux amis policiers, élu et marbriers qui jouent les intrus. Au contraire, ils m'accompagnent, ils me tiennent la main. Ce n'est pas donné à tout le monde. Merci, messieurs les profanateurs, ce fut une petite cérémonie pour moi toute seule. Puisque, à l'époque et à raison, je n'y étais pas, à l'enterrement officiel, en même temps que tout le monde. Le reste du monde. On n'y emmène pas les enfants. Un cimetière n'est pas un square pour culottes courtes, il n'y a ni balançoire, ni bac à sable, ni toboggan. Quelle chienlit.

Les jours qui suivent, mon corps vibre, je suis encore estomaquée.

Je n'ai vu personne de la semaine, à l'exception d'une visite à mes grands-parents.

Je n'en parle plus mais je voudrais revivre cette journée. Qui ne ressemble à aucune autre vécue. Ma mère et moi ensemble, comme il y a si longtemps.

Je me revois, dans le bus 32 qui passe devant l'église Saint-Augustin. Je sens chez moi une température élevée, pas de fièvre mais une chaleur qui se diffuse dans le corps.

Je suis dans mes pompes et à côté, je ne sais plus où je suis. Quelque chose se trame là-dessous. Mon centre de gravité en prend un coup. Je suis traversée, par quoi, par qui ?

Septembre 2008

Je suis à Marseille pour jouer *Personne ne voit la vidéo*, une pièce de Martin Crimp à laquelle je ne comprends rien. Un ami réalisateur m'attend à la sortie du théâtre. Il est accompagné d'une femme que je ne connais pas. Naturellement, et parce que je suis bien élevée, je lui pose des questions, je m'intéresse à elle :

« Que faites-vous dans la vie ? »

Elle : « Je parle aux morts. »

Je le donne en mille, il fallait que ça tombe sur moi. Elle bredouille quand même qu'elle n'a pas l'habitude de le dire comme ça, d'emblée, mais que sans doute, avec moi, elle se sent à l'aise.

Bah voyons…

Si je me rappelle bien, elle m'explique que ce n'est que très récemment qu'elle en a fait son activité principale. Dans les jours qui suivent – je reste très peu de temps à Marseille, elle y habite –, nous convenons d'un rendez-vous. La curiosité l'emporte souvent sur le scepticisme, l'incrédulité. Je ne crois en rien mais je veux y croire quand même. La petite fille qui veut parler à sa mère n'est jamais très loin.

J'arrive chez elle quelques jours plus tard, nous nous retrouvons accoudées au bar de sa cuisine ouverte sur le salon, perchées sur de hauts tabourets.

Avant de commencer, je ne sais plus autour de quelle boisson, elle m'explique comment et dans quelles circonstances elle s'est rendu compte de sa « capacité ». Elle l'a toujours su mais n'en a rien dit. N'en a rien fait. De ces gens qu'elle seule voyait et entendait. Dans les jeunes années de sa fille, elle vivait dans un appartement déjà « habité ».

Une nuit, elle avait dû batailler avec une « présence » pour protéger son enfant.

Elle avait réussi à chasser l'esprit malveillant puis avait fini par déménager.

Cette introduction faite, elle m'invite à me déchausser et à m'allonger sur son canapé, c'est la position requise. Je dois fermer les yeux. Elle ne me touchera pas, ses mains resteront à l'horizontale, paumes vers le bas, à une dizaine de centimètres de mon corps. Elle partira de mes pieds, de ce qui touche le sol, ça, c'est moi qui l'interprète, puis remontera progressivement. Jusqu'où ? Nous verrons bien. Combien de temps cela dure-t-il ? Je ne sais plus. Je me revois entrouvrir les yeux sur sa tête légèrement penchée sur moi, ses yeux à elle fermés. Arrivée au-dessus de mes genoux, elle s'arrête pour me dire que les rotules symbolisent le père et la mère. Ses mains ne bougent plus. Ah bon, vous bloquez à cet endroit-là ?

Comme je n'avais posé aucune question sur sa pratique, sur la façon dont une « séance » se déroulait en général, je n'ai pas osé intervenir, m'adresser à eux par son intermédiaire. Difficile de lâcher toute rationalité. On veut et on ne veut pas.

Je me suis donc tue pendant qu'elle me répétait ce qu'elle sentait, voyait et « entendait » de la bouche de ma mère et de mon frère. Des choses qu'ils n'avaient pas pu me dire avant.

Je l'ai écoutée de loin. Du genre *On ne va pas me la faire à moi.* Mon petit sourire en coin, intérieur, invisible, pour ne pas offenser cette femme – j'ai été bien élevée. Après tout, elle ne m'a pas forcé la main, j'y suis allée de mon propre chef.

Je n'ai pas reçu d'éducation religieuse, à part le catéchisme obligatoire jusqu'en 5ᵉ dans mon collège privé. À la maison, aucune croyance, nous sommes de bons mécréants. La Bible reste pour nous le plus beau scénario jamais écrit. Ou alors nous sommes de petits saint Thomas. Nous croyons ce que nous voyons, de nos propres yeux.

Il serait plus facile de penser que nos morts sont bien, au-dessus de nos têtes, au ciel, heureux, à nous suivre derrière leur nuage. Je verrai bien le moment venu. Pour l'instant, à Marseille, quand j'écoute cette femme me répéter ce qu'elle prétend entendre de ma mère, de mon frère (et tiens, de ma grand-mère maternelle aussi), alors que moi je n'entends rien, je n'ai qu'une envie, prendre mes jambes à mon cou.

Elle est venue me voir au théâtre, mon ami qui l'accompagne me connaît bien, connaît mon histoire. Ils ont dû en parler ensemble. Je ne fais pas un excès d'égocentrisme, je connais la nature humaine. J'aurais fait la même chose à leur place. Je ne peux donc pas me dire en l'écoutant *Mais c'est incroyable, comment peut-elle savoir tout ça ?* Peut-être qu'elle fait dire des phrases identiques à tous les morts qu'elle « entend ». Peut-être qu'au fond tous les survivants veulent entendre la même chose de leurs morts. Qu'ils les aiment et sont désolés de ne pouvoir déjeuner avec eux la semaine prochaine. Par exemple.

Dimanche 7 mai 2017

Des amis organisent une soirée à l'occasion du second tour de l'élection présidentielle.

Les membres de cette joyeuse bande sont au courant de ce qui m'est tombé dessus il y a une semaine mais restent pudiques et discrets. Je l'évoque brièvement avec Laurence M. dans la cuisine. Je dois avoir un verre de rosé à la main mais je n'en suis plus si sûre parce que je n'ai aucun souvenir d'ébriété.

Tout à coup, je me trouve mal, je sens que mes jambes ne me portent plus. Je dois m'asseoir, j'ai à peine le temps de le lui dire, elle soutient mon bras, les autres amis présents nous font de la place, je me sens partir, et me retrouve allongée sur le carrelage.

De longues secondes s'écoulent. Je pèse quatre tonnes et demie.

Je reviens à moi petit à petit, j'ai envie de vomir. Je pourrais avoir honte, je casse l'ambiance, mais ce n'est pas bien grave. Je passe le reste de la soirée allongée dans la chambre des enfants. Matteo, Raphaël et leurs copains regardent un DVD confortablement installés sur le lit des parents. J'entends de loin le nom de notre nouveau président. J'essaie de regagner quelques forces et le canapé du salon pour suivre l'événement. Je vois à peine Jupiter s'avancer vers son peuple le long de la pyramide du Louvre. Je me rendors sur l'épaule de Gilles.

Le metteur en scène Didier Long me propose de jouer Jeanne Hébuterne, la femme de Modigliani, dans *Modi*, une pièce écrite par Laurent Seksik. La pièce raconte les derniers mois de la vie du peintre.

Il me parle de l'histoire, du personnage de Jeanne et m'indique qu'elle est enceinte au moment où la pièce débute. « Qu'importe, on te mettra un faux ventre. » Je réponds : « Oui, c'est sûr, ça se fait. »

Lundi 12 juin 2017

J'arrive chez le docteur B. avec un test de grossesse positif.

Le calendrier nous aide à déterminer le jour de ta conception. 20 mai. Trois semaines après l'épisode du cimetière. En capacité de procréer depuis plus de vingt-cinq ans, sans contraception depuis dix ans, c'est maintenant que ça marche ? Y aurait-il une cause et un effet ? L'empêchement venait-il de là ? Futur(e) chéri(e), dis merci à ta grand-mère.

Le laps de temps entre ces deux journées (profanation-procréation) ne peut qu'exciter mes croyances irrationnelles, mes pensées magiques. Trois petites semaines. Tout juste le cycle d'après. À ce moment-là, je parle en « cycle » puisque, depuis un an, nous nous asseyons régulièrement dans le bureau du docteur B., gynécologue obstétricien spécialisé dans les grossesses tardives.

Je ne lui raconte pas ma théorie mystique. D'ailleurs, il tire une tête. Il n'a pas l'air plus content que ça pour ton père et moi. Je le vois bien, il est déçu de ne pas avoir accompli son œuvre. Après deux tentatives d'insémination, nous ne lui avons même pas laissé le temps d'aller jusqu'à une fécondation *in vitro*, pourtant prévue au mois de juillet. Il n'y est pour rien, ce n'est pas grâce à lui, ce n'est pas grâce à la science. Ton père et moi, loin de la première jeunesse, en douteuse condition physique, fumeurs, nous ne sommes pas les meilleurs candidats à la parentalité. Et pourtant…

La vie telle qu'elle nous arrive, avec son lot de hasards, de rencontres fortuites, d'événements, est décidément plus forte que n'importe quel roman ou scénario.

Ces derniers temps, je m'obligeais à penser *Prépare-toi, ça ne marchera peut-être jamais. Tu n'auras peut-être pas d'enfants.* Quel sens alors allais-je bien pouvoir donner à ma vie ? Mon père au téléphone enfonce le clou : « Jusqu'à quel âge tu te donnes pour tenter le coup ? » Il veut dire par là : « À quel âge te feras-tu une raison ? » Il est malheureux pour moi, il sent bien mon désir, mais le pragmatisme et la dérision l'emportent souvent chez lui.

Il n'ose pas me poser la question intime du : jusqu'où es-tu prête à aller ?

À l'époque, je n'en sais rien. J'espère que ce désir ne se transformera pas en obsession mais il est vrai que, ces derniers mois, je ne croisais pas une poussette sans ressentir un pincement aigu dans mes entrailles. J'en voyais partout.

Même si j'avais été un homme, j'aurais voulu devenir père. Ce n'est pas juste un truc de bonne femme. Vouloir un enfant. S'en occuper. L'éduquer, le rendre autonome. Je me demandais pourquoi je n'y avais pas droit, à cette maternité, à cette maturité, persuadée qu'en étant mère je deviendrais enfin adulte. Étant bien entendu que la maternité ne garantit aucune maturité, et vice versa. Quand notre corps est en âge de procréer, notre cerveau, lui, est bien loin du seuil de maturité nécessaire pour aimer convenablement un enfant. L'aimer sans l'encombrer de nos propres soucis, que nous finirons (parfois trop tard) par balancer à la fenêtre. Et quand nous avons enfin fait valdinguer tous nos empêchements à aimer l'Autre, parce que nous nous aimons enfin nous-même, notre corps, lui, dit non. La fenêtre de tir qui fait coïncider les deux maturités est plutôt étroite.

Qu'est-ce qui pouvait bien clocher chez moi ? Pas d'antécédents médicaux dans ma famille.

N'avais-je pas assez de vitalité ?

Un échange avec ma psychanalyste de l'époque, quelques mois auparavant :

« Avez-vous bien lu la notice ? »

Je venais d'utiliser un test de grossesse parce que j'ai un doute, parce que j'espère tant. Il est négatif.

Moi : « Non… »

Elle : « Vous n'êtes décidément pas prête ! »

Moi : « J'ai juste pissé dessus, pourquoi ? Il y a vraiment un mode d'emploi ? »

Ça mérite un peu de grossièreté, je n'aime pas sa condescendance. Silence. Je pense *Prête à quoi ? Qu'est-elle en train d'insinuer ?*

Des minutes passent.

Elle : « Oui ? »

Moi : « Attendez, je suis en train de me demander si je ne vais pas quitter votre cabinet définitivement. »

D'un commun accord, nous arrêtons la séance en nous disant tout de même « à dans trois semaines ». Les vacances d'hiver se terminent, j'y retourne en lui disant au revoir pour de bon.

La rupture était un peu sèche mais j'avais l'impression d'être arrivée au bout d'un autre cycle, celui qui consiste à identifier les endroits où l'on n'y arrive pas et pourquoi. Cela faisait tout de même quatre ans que nous travaillions bien ensemble. J'avais surtout adoré sa théorie selon laquelle, ma mère étant morte au moment même où j'avais souhaité sa disparition pour pouvoir, comme toutes les petites filles, me marier avec mon père et satisfaire un Œdipe banal (ou débordant), j'allais culpabiliser pour le reste de ma vie et donc ne rien entreprendre ou si peu, pensant ne pas mériter la joie. J'ai l'air de le prendre par-dessus la jambe mais j'ai beaucoup pleuré, allongée, à ce moment-là. Il y avait du vrai là-dedans.

Cette théorie avait aussi un yang, auquel j'étais bien obligée d'adhérer. À la culpabilité s'ajoute un sentiment de toute-puissance puisque je n'ai qu'à vouloir quelque chose (la mort de ma mère) pour qu'elle arrive. Ce qui accentue mon immobilisme et mon manque de goût pour l'effort en général.

N'en jetez plus, la barque est pleine.

2006

Je fais de curieuses rencontres parfois. Comme celle de Gilbert Schlogel, un gynécologue-obstétricien qui œuvra en 1977 dans la région de Gassin dans le Var, où je suis née. Je m'en souviens d'autant mieux qu'il m'offre son livre. Je l'ai conservé sans le lire. Je le fais descendre de son étagère pour bien écrire ici son titre et vérifier l'orthographe du nom de l'auteur. Je me souvenais de la dédicace mais je me suis trompée de date. Nous nous rencontrons en mars 2007. Je passe une semaine à Aix-en-Provence, en tournée.

Un soir, avant la représentation, je reçois un bouquet de fleurs avec une carte, que je conserve quelque part dans mes papiers.

La carte disait notamment :

« […] très fier d'avoir été le premier homme à vous tenir dans ses bras. »

Je reste stupéfaite et intriguée par cette formule inoubliable.

Sa femme l'accompagne et quelques amis à eux, je crois. Nous allons tous souper après la pièce. Je ne lui pose pas de questions sur ma naissance, pensant sans doute qu'il ne se souviendra pas des détails (et puis nous sommes à table, je ne vais pas lui demander s'il y avait beaucoup de sang ou si je n'étais pas trop bleue dès mon apparition). Je ne sais plus si lui spontanément m'en parle, ou même ce qu'il m'en dit.

Je me rappelle juste être assise en face de lui à une table, un peu gênée et troublée, dans l'atmosphère sympathique mais bruyante de la brasserie Les Deux Garçons, cours Mirabeau.

Il m'offre son livre à la fin du repas.

Victoire ou la Douleur des femmes, d'après la quatrième de couverture, raconte l'histoire de Victoire Dambreville, une des premières femmes gynécologues en France au début des années 1940. La couverture de l'édition Poche représente Marie Trintignant. Sa mère Nadine Trintignant a adapté cette histoire pour la télévision avec sa fille dans le rôle-titre. La quatrième de couverture dit encore que cette Victoire Dambreville a lutté toute sa vie pour le droit des femmes à la contraception et à l'avortement.

Le 5 avril 1971, *Le Nouvel Observateur* publiait en une « la liste des 343 Françaises qui ont le courage de signer le manifeste "Je me suis fait avorter" ». Ces femmes s'exposaient à des poursuites pénales pouvant aller jusqu'à l'emprisonnement puisque l'avortement en France était illégal à l'époque.

Seulement deux mois plus tard, en juin 1971, l'hebdomadaire allemand *Stern* réunissait sur le même projet 374 signatures, dont celle de ma mère.

Quatre ans plus tard, la loi Veil passe, l'interruption volontaire de grossesse est dépénalisée et légalisée en France.

Je ne trouve pas à quel moment une loi équivalente passe outre-Rhin.

Juillet 2017

Me voilà donc dans l'état rêvé. Je suis un kan-
gourou.

Il y a de la chaleur, l'été est là. Je vais fêter mes
quarante ans. Cadeau surprise. Peu de tissu pour
recouvrir mon corps, et en particulier mon ventre
que je veux voir et montrer. Juste quelques petites
semaines passées et ma main soutient en permanence
mon nombril.

Il est beaucoup trop tôt, j'ai juste l'air d'avoir mal
digéré mon déjeuner.

Je laisse passer le temps réglementaire des premières semaines où tout peut arriver, une fausse
couche par exemple. J'appelle Didier Long, je lui
annonce que la nature fera seule son travail. Florence
l'habilleuse n'aura pas à s'échiner sur sa machine
à coudre pour confectionner ce faux ventre à l'aide
de ouate et de bandes de coton. Je crains qu'il ne me
renvoie, que mon état ne soit trop compliqué à gérer
pour les assurances. Je désamorce, je fais un brin
d'humour, qu'il prenne la nouvelle comme un atout

pour sa mise en scène. « Tu vois, je prends mon rôle très au sérieux, je pousse le professionnalisme jusqu'à son extrémité. Tu as bien fait de me choisir, je ne le savais pas au moment où tu m'as appelée, mais je suis dans le même état que Jeanne Hébuterne » (à ce moment-là, je ne sais pas encore que, moi aussi, j'attends une fille).

Il me garde.

Je pars au bord de la Méditerranée, je me demande l'effet de la température de l'eau sur toi, le bébé. Je ne sais rien encore. Rien des différents stades de la grossesse. Rien sur ce qui se passe, à l'intérieur. Je me renseigne vaguement. Merci à l'ère moderne, je télécharge une application qui m'informe semaine après semaine de ta croissance. J'aime ce flou. Ne pas tout savoir, le meilleur comme le pire, de ce qui peut arriver dans ces cas-là. Des milliers de femmes y sont passées avant moi. Les bouches transmettent aux oreilles ce qu'il faut savoir. Le strict nécessaire.

Je demande à ma grand-mère paternelle comment « les choses » se sont passées pour elle. Qu'a-t-elle demandé à sa propre mère ? Qu'a-t-elle appris ?

« Oh, tu sais, ma chérie, à l'époque, on ne parlait pas de ces choses-là… »

Monique Biasini née Pierre, venue au monde le 5 décembre 1931 à la Clinique Cognacq-Jay, Paris 15e. Aujourd'hui quatre-vingt-neuf ans, haute comme trois pommes, la peau sur les os et le cœur débordant d'amour pour moi. Ma mère-grand-mère.

C'est à elle que je pose les questions de femmes, de futures mères. C'est dans ses bras que j'ai grandi et que je redeviens enfant, au besoin.

Elle fume dans la cuisine, fenêtres grandes ouvertes. Elle a nettement réduit la cadence par rapport aux années 1990. Pendant trente ans, elle a choisi des Rothmans rouges, un paquet et demi par jour. Sont venues ensuite les Benson & Hedges paquet doré, les plus fortes, je crois. Quand je lui reproche de trop cloper, elle me rétorque : « J'ai commencé à quarante ans, ma chérie ! »

Net progrès depuis quelques années, cinq à six Omé blanches, nouvelle marque, ultralight, des slim, qui la font éternuer (!). « Tu sais, ma chérie, on a tous des réactions différentes, alors je suis passée aux Marlboro light. » Mea culpa, j'ai dû oublier un de mes paquets dans son appartement.

Pendant que j'écris, assise sur le canapé, je l'entends bouger derrière la porte de la cuisine qu'elle vient de fermer. Elle doit fumer sa deuxième cigarette de la journée, il est 9 h 50. Son régime alimentaire est fameux lui aussi. Saucisson, chocolat au lait-noisettes, tartines de beurre aux cristaux de sel de Guérande. Cette combinaison de tabac et d'aliments, ses quatre-vingt-neuf ans et ses trente-huit kilos nous font évidemment penser qu'elle est surhumaine. Un exemple pour nous tous.

Elle, si belle, ressemble à l'actrice américaine Lee Remick, en plus chaleureuse et avec des yeux noisette. Elle retourne à ses tâches quotidiennes qui la tiennent debout (ou accroupie, c'est selon, l'aspirateur, la poussière sur les bibelots).

« Tu comprends, je ne veux pas de femme de ménage, je bouge comme ça, sinon je n'ai rien à faire. »

Ce n'est pas vrai, elle fait tout et en premier lieu s'inquiéter pour ses enfants et petits-enfants. Son fils aîné, Daniel, mon père ; son cadet, Charles, mon oncle, et ses deux autres petites-filles Alexandra et Daniela. Sommes-nous heureux ? Où en sommes-nous de notre spleen ? Avons-nous suffisamment d'argent pour vivre bien ?

Elle n'a pas eu le temps de désirer ses fils mais son instinct maternel apparaît aussitôt.

En 1948, elle apprend la sténotypie dans une école rue du 4-Septembre à Paris. Elle a dix-sept ans. Elle vit chez ses parents, avec son frère aîné et sa sœur cadette, à Colombes dans les Hauts-de-Seine. Elle passe ses samedis soir au Cadran, le dancing de Colombes, et rencontre un Italien, Bernard, deux petites années de plus qu'elle, mais surtout beau à tomber enceinte. En moins de temps qu'il n'en faut pour le dire. Un an plus tard, en 1949, mon père Daniel voit le jour. Quatre ans après la fin de la guerre. Ils ne sont pas mariés, encore moins en âge d'avoir un enfant. La nouvelle n'est pas franchement appréciée par les deux familles. Mais neuf mois après, devant mon poupon de père, ils fondent tous littéralement. En 1957, leur deuxième fils, Charles, arrive.

Moi, j'ai une place à part. Je suis leur première petite-fille, et leur fille en même temps. Ma grand-mère devient mère pour la troisième fois en 1982, l'année où elle va m'aimer comme sa propre fille. Elle a cinquante et un ans. Je vais en avoir cinq. Ma mère vient de mourir. Monique se mobilise tout entière. Naturellement, elle déploie son énergie (et son instinct maternel) au service d'une enfant à moitié perdue. Elle se doit de me protéger, de prévenir la moindre douleur, de combler tous les manques. Avec en plus le sentiment infini de la responsabilité. Une promesse qu'elle a peut-être faite en silence à ma mère disparue, pour sacraliser le moment. Donner un sens à cette nouvelle charge qui lui incombait, celle de m'aimer pour ceux qui étaient partis, en plus de son inclination naturelle envers moi. Aimer pour trois, pour quatre, pour dix et savoir d'emblée qu'elle en est capable. Elle a toutes les ressources nécessaires, sa fontaine d'amour maternel est intarissable.

Je nous revois, elle et moi adolescente, assises dans le canapé devant je ne sais quel programme. Elle, elle ne regarde pas la télé. Elle me regarde moi, pendant de longues minutes, elle fait des allers et retours. La télé, moi, moi, la télé. Je sens son regard. Je lui dis : « Arrête, Mamie !… » Je comprends ce trop-plein d'amour qui la conduit à me fixer. Je ne lui en veux pas, je sens bien déjà que c'est une chance inestimable d'être aimée ainsi. Je pose ma tête sur ses genoux. Monique aurait pu servir de modèle à Romain Gary ou Albert Cohen.

Daniel, mon père, n'écrira pas de livre sur sa propre mère mais leur complicité est évidente. Dès l'âge de cinq ou six ans, quand il la voit fatiguée parce que l'époque est rude pour les femmes au foyer et que Bernard travaille beaucoup, il la console, lui propose l'aventure de partir seul avec elle, tous les deux, où elle voudra. Des années plus tard, il a dix-huit ans, ils sont en voiture, mon père conduit un peu trop vite. Des flics les arrêtent. « Maman, t'as les papiers de la voiture ? » Les flics s'étranglent : « Quoi ? C'est votre mère ?! Vous rigolez ! » « Maman, t'as pas le livret de famille ? » Ils ont tout juste dix-huit ans d'écart mais ce n'est pas seulement la différence d'âge qui les rapproche.

Il se confie facilement, il se tourne vers elle quand il appréhende son rôle de père quelques mois avant ma naissance. Ils se comprennent mutuellement. Ils n'ont d'ailleurs pas besoin de grandes phrases pour s'entendre. Ils se parlent simplement. Quand j'émets une théorie sur l'un ou l'autre, ils me répètent successivement : « Non, ma chérie, je connais bien mon fils », « Non, chérie, je connais bien ma mère ». Ils ont raison.

Ma mère aime ce lien, elle aime sa belle-mère et se sent aimée en retour. Elle découvre une famille unie. Monique est pour elle une femme sensible, la mère de l'homme qu'elle aime, une des raisons pour lesquelles cet homme est charmant, prévenant. Monique est une mère qui aime d'emblée ce nouveau petit garçon dans la famille, David, le fils de sa belle-fille.

Ma grand-mère est pour ma mère une alliée, une confidente jusqu'au bout. Après tout, elles n'ont que sept ans d'écart.

Je repense à l'histoire que mon père m'a racontée, l'histoire de ma mère dans une cabine téléphonique sur le port de Calvi en septembre 1975.

Mes parents prolongent les vacances.

Ma mère appelle chez eux à Paris, pour voir si tout va bien. La nourrice allemande qui s'occupe de David en l'absence de mes parents prévient ma mère que Luchino Visconti cherche à la joindre. Elle embrasse encore mon frère, raccroche, rajoute des pièces et se met à parler en italien.

Visconti lui explique son nouveau projet de film, avec elle et Alain (Delon). Elle est désolée, elle ne pourra pas le faire, elle est enceinte.

Mon père lève au plus haut ses sourcils, il n'en savait rien, c'est ainsi qu'il l'apprend. Elle-même n'en est pas encore certaine mais elle l'a décidé, elle prend les devants. C'est maintenant ou jamais, elle a trente-sept ans. Ils sont amoureux, seuls au monde sur une île. Ils sont faits pour l'été, faits pour la Méditerranée. C'est en y plongeant qu'ils s'étaient embrassés pour la première fois. Je me demande si je connaîtrai ce genre d'amour. Avec eux, j'entends la passion. J'idéalise leurs sentiments. Je reste la petite fille qui regarde ses parents avec admiration, comme deux personnes qui ont su s'aimer et vivre. Ils m'apprennent l'amour. Il faudra que je retourne un jour, sans avoir le cœur déchiré, à Ramatuelle, où je suis née, où nous avons tous vécu heureux. Là-bas, la terre tremble pour moi.

1er août 2017

Une fille, tu seras une fille. Deuxième ou troisième échographie, je ne sais plus. Voilà ce que nous retenons, Gilles et moi, dans le cabinet médical avenue de l'Opéra. Nous voulions savoir. Je le savais. Je le jure. Je le voulais plus que tout. Si ça avait été un petit garçon, je l'aurais aimé de toutes mes forces mais j'avais envie d'une fille. C'est comme ça. Ça tombe bien.

Je la voulais tellement, j'étais certaine qu'on me la donnerait. « On » ? Vu ma façon de tomber enceinte, c'était facile de demander ensuite n'importe quoi. Je n'ai pas ouvert la bouche mais je l'ai pensé très fort. J'ai eu ce que je voulais.

J'ai toujours été persuadée que le sexe des enfants dépend du caractère de la mère qui les porte. Si c'est une mère qui aime les femmes, qui n'en a pas peur, bien au contraire, une femme qui chérit son sexe et le porte haut, elle aura une fille.

Si elle a un garçon, c'est parce qu'elle laisse le père prendre le dessus sans que cela la dérange, sa part masculine à elle aussi importante et assumée.

Une femme comme moi, si on lui donnait la possibilité de tomber enceinte, allait forcément faire une fille. Retrouver l'enfant qu'elle fut. Retrouver la mère qu'elle a perdue et prendre sa place. Encore une pensée magique. Tu n'es pas arrivée par hasard, je n'ai pas fait une fille par hasard.

Avoir une fille pour la coiffer pendant des heures, en oubliant que ce temps me semblait bien long quand ma nourrice ou ma grand-mère, le peigne en main, se tenaient l'une ou l'autre, et parfois les deux en même temps, derrière moi immobile.

Depuis que j'ai récupéré le cliché de l'échographie, je vois d'autres photos, partout.

Les tiroirs, chez Monique et Bernard, en débordent. Les commodes croulent presque sous le poids d'autres clichés, ceux-ci encadrés.

Un trésor, en couleurs ou en noir et blanc. Des diapositives, des planches-contacts. Charles, mon oncle adoré, de seulement vingt ans mon aîné, son Leica en bandoulière, clique comme il respire, nous lui servons de modèle. Il nous suit partout. Grâce à lui, j'ai un catalogue raisonné entre les mains. Les photos sentent le soleil, Paris, les années 1970, le papier vieilli. Monique garde tout. Le bonheur.

Je prends conscience de l'importance de l'impression sur papier, de la fixation du souvenir, garder une trace, voir nos têtes vieillir. Capturer la joie, la beauté, l'encadrer, l'exposer, chez nous.

Je vois l'amour de ma mère sur ces photos. Je me revois fixer ses yeux sur la pellicule, ses yeux qui fixent l'objectif, qui me fixent moi.

Je la regarde de longues secondes. Je pourrais dire que je nous invente des conversations mais ce n'est pas vrai. C'est moi qui parle. Je secoue légèrement ma tête de droite à gauche, un air de lui dire « Vraiment... ». *Vraiment ce que tu es belle, vraiment ce que tu m'agaces de n'être plus là, vraiment !...* Je l'engueule pour mieux la chérir. Je la délaisse pour la garder près de moi. Je la démystifie pour l'humaniser. L'humaniser pour la ressusciter.

Chez mes grands-parents, là où je grandis, un portrait photo de mon frère est encadré et posé sur la commode dans leur chambre. Un autre portrait de lui, quasi identique à celui-ci, se trouve dans le salon. Une photo de ma mère et mon frère ensemble, posée sur un autre meuble, un peu plus loin, encore une autre de mes parents ensemble. Des grandes, des petites photos, dans de beaux cadres, éparpillées. Au milieu de nous.

Ces photos se tiennent là, parmi d'autres du reste de la famille. Personne n'a décrété que nous devions nous agenouiller devant ces portraits. Mais il n'est pas non plus venu à l'esprit de quiconque de ne pas intégrer ces photos aux autres, ou de les enlever, sous prétexte que les personnes photographiées n'étaient plus.

Je me demande toujours si nos yeux tombent dessus par hasard.

Qui, parmi nous, qui habitons en permanence ou à l'occasion cet appartement, choisit de fuir le regard ou s'arrête volontairement sur ces souvenirs imprimés. Quand nous sommes seuls ou devant les autres ? Combien de temps, quelques secondes ? Le temps de dire *Bonjour*, en passant, ou plus longtemps ?

Les années 1990

Je ne retrouve pas les cassettes VHS, nos films amateurs faits entre nous, en famille. Trop de déménagements.

Le cinéma me donne le son de la voix de ma mère et son visage en mouvement, ses expressions, ses surprises. Des interviews filmées et archivées.

Mais l'actrice ne m'intéresse toujours pas.

De l'autre côté de l'écran, les mots qu'elle prononce ne me sont pas adressés et sont encore moins les siens. Elle parle à tout le monde et tout le monde croit l'entendre.

L'enfant s'amuse de voir sa mère importante. Suffisamment importante pour être dans un film. Le plus souvent un film où tout le monde l'aime et l'admire. Je comprends très bien qu'elle joue un personnage, j'admire juste la beauté et je cherche ce qui me lie à cette femme qui m'a faite à moitié.

Les enfants se moquent du métier de leurs parents. Mais il faut bien faire avec ce que l'on a. Les *Sissi*, bien sûr, m'amusent, petite, mais c'est la femme qui m'intéresse, à l'âge où elle épouse mon père, où elle devient ma mère, où notre histoire commence. Ma grand-mère et Nadou, ma nourrice, attendent quelques années avant de me montrer les films « de la maturité ».

Que met-elle d'elle-même pour jouer Marianne (*La Piscine*), Rosalie (*César et Rosalie*), Hélène (*Les Choses de la vie*), Clara (*Le Vieux Fusil*), Marie (*Une histoire simple*) ?

Par intermittence, Nadou ou Monique s'assoient près de moi, s'en vont faire autre chose, reviennent. Elles s'assurent que je vais bien, que je peux supporter la vue des films. J'aime le respect de ces femmes qui m'aiment et m'éduquent. Leur distance, leur retrait. Personne ne veut prendre la place de la mère. Il faut juste être là, aimer. Bernard fait de même.

Ces films sont ceux que j'ai le plus regardés, entre peur, gêne et fascination. Mon voyeurisme m'embarrassait. Mon chagrin me faisait peur. Son visage, sa voix et notre lien du sang me fascinaient. Encore aujourd'hui, si je m'écoute, je suis rougissante, recroquevillée et stupéfaite.

Mon père ne peut pas les regarder, ni seul ni avec moi. Entendre la voix de la mère de son unique enfant revient, j'imagine, à s'envoyer une grande paire de claques.

Quand la mort empêche de connaître quelqu'un, on ne cherche pas pour autant ce qu'on ignore. On le laisse en blanc.

On tourne autour du sujet, de ce que l'on en sait. Si peu soit-il.

Je ne vois pas tous les films. Je ne veux pas tout savoir.

Ce que je n'ai pas pu apprendre du mort, les vivants me le diront à leur manière.

Ce ne sera pas toujours suffisant. Alors il faudra tout miser sur la mémoire cellulaire.

J'entends dire qu'on ne doit pas, qu'il n'est pas utile, de tout savoir sur la vie de ses parents. Cela m'arrange bien, ce n'est donc pas un handicap, je peux continuer dans ma vie. Je me rassure comme je peux.

Sauf que l'on finit toujours par avoir besoin de savoir. Ou par souffrir de ne pas savoir. Le manque de connaissance deviendrait un problème. Dans mon cas, le monde extérieur m'abreuve de détails, de théories, d'hypothèses, au point de me pousser à la fuite. Des informations m'arrivent de toutes parts. Je ne veux plus rien entendre.

Puis il y a toutes les choses indicibles. Les sensations d'il y a si longtemps, indescriptibles. L'instinct du fox-terrier s'est développé chez moi, ou celui de tout autre animal capable de flairer une chose invisible à l'œil nu. L'absence n'en est pas vraiment une. Une relation souterraine existe. Un espace fait de paysages sauvages, de sons grégaires, nous relie intimement. Nous vivons, elle et moi, dans cet espace.

La connaissance d'une mère par sa fille n'a pas besoin de beaucoup d'années de pratique pour exister. Je ne m'en persuade pas, je le sais.

Ce n'est pas un sujet de thèse, c'est ma mère. Je peux y retourner quand je veux. Je ne me sens obligée à rien. Ce serait étrange de passer mon temps à la regarder.

S'il n'y a qu'un écran devant moi, plus de corps à toucher, de chair à embrasser, je donnerai plus vite un coup de pied dans le poste de télé.

Encore des photos. À l'extérieur cette fois. Chez d'autres gens, des inconnus, des lieux publics. Je me revois dans le Relais H de je ne sais quelle gare. J'ai toujours aimé ces points de vente d'informations en tous genres, où les premières pages, couvertures des quotidiens, hebdo, mensuels, bimensuels, trimestriels, dressent en une toutes les tendances du moment, politiques, économiques, sociétales, décoratives, vestimentaires, et j'en passe. Tableau d'une époque. La mienne.

Mes yeux sont attirés par la couverture d'un magazine, là-bas, un peu plus loin sur l'étalage, dans mon champ de vision, une photo que je connais, par cœur.

Je suis aimantée par la photogénie du modèle en couverture de ce magazine de cinéma. Quelle beauté incroyable. À ce point-là, c'est surréaliste. Il n'y a pas que moi, sa fille, qui le dit. C'est ma mère sur cette couverture de magazine ? Je n'en reviens toujours pas.

La photo qui la représente a été prise sur le tournage du film *La Piscine* réalisé par Jacques Deray en 1968. C'est l'actrice principale du film et les trois autres protagonistes sont incarnés par Alain Delon,

Maurice Ronet et Jane Birkin. L'histoire et le tournage se passent à Saint-Tropez ou vers Ramatuelle, en plein été. Une histoire d'amour, de jalousie, de vengeance. La peau de ma mère sur cette photo est gorgée de soleil, sublimée par la lumière de Jean-Jacques Tarbès. On devine qu'elle porte une robe verte, je confirme puisque nous avons, moi et des milliers d'autres, vu ce film.

Dans la scène d'où est tirée cette photo, son personnage donne une fête dans la maison louée pour les vacances (maison avec piscine, donc) et on la voit déambuler au milieu de figurants et des autres personnages.

Elle y est sans doute d'autant plus belle qu'elle (ma mère, non pas l'actrice ou son personnage) aime ces villages du sud de la France. Elle y est si bien qu'elle s'y installera quelques années plus tard, avec mon père et mon frère, et y attendra patiemment ma naissance.

Je suis dans ce Relais H et je n'ose pas regarder ce magazine. Je ne veux pas que l'on me surprenne, immobile, prostrée, devant cette photo.

Moi, la chair de sa chair, j'ai intégré sa notoriété depuis belle lurette mais je voudrais toujours qu'elle soit à moi seule. Que personne d'autre ne la regarde, ne la nomme, ne prétende la connaître, n'écrive sur elle ou, pire encore, ne porte le même prénom. Je voudrais m'asseoir sur la pile de magazines qui la représente pour la cacher aux yeux du reste du monde.

Pourtant, elle ne m'a eue qu'à l'âge de trente-neuf ans. Elle a donc passé toute une vie avant moi. Je ne peux pas réclamer l'exclusivité. Je suis obligée de la partager avec des inconnus. Et ça a commencé bien avant ma naissance. Mon frère, de onze ans mon aîné, a ressenti la même chose avant moi. On s'est adaptés. Je me renseigne sur la date de parution du numéro de ce magazine de cinéma. Mai 1987. Ça me paraît bien tôt. J'ai dix ans en 1987. Or, dans mon souvenir (mon cerveau fait de ces sélections), je suis seule dans cette gare. Impossible, je suis, à l'époque, surveillée comme le lait sur le feu. Il s'agit peut-être d'une autre photo, d'un autre magazine. Il y en a eu tellement. Peu importe.

Enfin, j'efface toutes photos inutiles dans mon téléphone. Les paysages, les pense-bêtes. Je fais place. Je trie, je jette, je donne tout ce que je peux de ma vie d'avant. Comme si tu allais me donner, par ma fonction de mère, une nouvelle identité. Comme lorsqu'on voyage dans un pays étranger. On rencontre des inconnus, on est soi-même étranger à leurs yeux. On peut donc être qui l'on veut. Une autre personne, avec plus d'audace, de courage, de qualités. Moins de faiblesses. Pour te montrer l'exemple. Nos petites actions disparaissent pour laisser place aux grandes à venir. Les enfants donnent l'occasion aux parents de se racheter une nouvelle conduite. Tu es mon voyage à l'étranger. Ton père me glisse : « Tu ne seras plus la fille de ta mère, tu seras la mère de ta fille. »

La messe est dite.

2007

Nous nous rencontrons, avec Gilles. Ce soir-là, je dîne (ou je vais au théâtre, je ne sais plus) avec une autre actrice rencontrée peu avant sur un tournage. On a vite sympathisé. Après le repas (ou la pièce) : « Je suis invitée à une soirée, tu m'accompagnes ? » Cette question me pousse dans mes retranchements et force ma nature asociale.

Une soirée dans un appartement. Des acteurs, des metteurs en scène, des techniciens. Ambiance relativement conviviale. Je me rappelle clairement le hall d'entrée de l'appartement où a lieu la soirée. Couloir assez large, long et haut de plafond.

Je me souviens d'une grande pièce principale, un salon, je ne sais plus si la cuisine est intégrée, un escalier en colimaçon chromé type années 1970 quasiment au milieu de la pièce, ton père assis sur un canapé blanc, une couleur claire en tout cas, moi à côté de lui.

Une discussion commence. Intérieurement, je le remercie de me tenir compagnie, je ne connais personne dans cet endroit. Pendant que ton père me parle, ou me pose des questions, je ne sais plus, je me revois regardant les gens présents, tous en grande conversation, et moi qui ne sais pas comment avoir l'air à l'aise. Au moment où je vais quitter les lieux, ton père me suit dans le hall d'entrée et me demande le numéro auquel on peut me joindre. Je me rappelle mon étonnement, que je garde, je crois, invisible. Sans doute une légère suspension avant de lui répondre. J'ai pensé *Que va-t-il en faire de ce numéro ?* Il n'avait donné aucun signe avant-coureur de drague envers moi. Ni moi envers lui. Je le sais maintenant, c'est un mauvais dragueur, il n'aime pas ça.

Entre cette soirée et notre première nuit ensemble passent plusieurs années.

C'est très souvent lui qui m'appelle, en me reprochant de ne pas le faire, moi. Je continue de me demander ce qu'il veut, on ne se voit pas pour se séduire et on se voit peu. Il est metteur en scène. On parle théâtre, on parle de *Bérénice*. Mais il vient du subventionné et moi du privé. Je me demande s'il arrivera à monter ce projet avec moi. Je suis bêtement impressionnée. Ce n'est pas qu'il ne soit pas impressionnant, il a un charme fou, mais ma timidité à l'égard du théâtre public me fatigue déjà. Je l'appelle quand je ne comprends rien à la pièce de Martin Crimp.

À la fin de l'année 2013, ses appels sont plus fréquents. En marge de ce texte, ton père ajoute :

« C'était dans le quartier des Abbesses, près du théâtre. » Notre première rencontre.

« De quoi parlons-nous ? » Je ne sais plus.

« Je pense que je ne te l'ai jamais dit mais, ce soir-là, j'étais secrètement tombé amoureux de toi. » C'est joli.

Ton frère n'est pas mon fils. C'est le fils de ton père.

Il a deux ans et demi quand je le rencontre, neuf aujourd'hui.

Gilles me le présente à la terrasse d'un café, en face de la mairie du IVe. Je ne suis pas la nouvelle fiancée de son père, je suis juste une amie qui passe dans le quartier. Comment lui dire bonjour, lui parler, comment ne pas lui montrer que je l'aime déjà parce que je suis tombée amoureuse de son père. Je ne le regarde pas tout le temps, je prends un air détaché alors que je voudrais ne pas le quitter des yeux. Petit garçon brun, la coupe au bol, ses yeux noirs étirés. C'est comme si je n'avais jamais vu un enfant de ma vie.

Je ne suis pas encore mère quand je m'installe avec son père. Votre père à tous les deux. Les week-ends et les vacances passent entre ce petit garçon inconnu et un nouvel amour. Je prends soin de leur laisser du temps seuls, à deux, pour se retrouver. Je ne veux pas m'immiscer entre ce père et ce fils. Je me retrouve à la place de la belle-mère. Belle-mère que l'enfant n'a pas choisie et qui lui est imposée, avec qui il doit composer, partager.

Je ne dois surtout pas jouer à la maman. Que ce petit garçon ne pense pas que je veux remplacer sa mère, moi qui veux tant en être une. Quand son père a un empêchement et me demande d'aller le chercher à l'école, au fond de moi je veux lui dire *S'il te plaît, ne me demande pas ça, tu ne te rends pas compte.* Je souffre de me tenir à côté de toutes ces mères qui attendent leur(s) enfant(s) à la sortie, qui discutent goûters, anniversaires, sorties, et moi qui suis là au milieu à attendre un enfant qui n'est pas le mien. Et mon enfant à moi qui n'arrive toujours pas. Je veux dire à son père *Je ne peux pas y aller, je n'ai pas le droit.* Je ne peux pas aimer cet enfant comme le mien. J'aurais peur de l'étouffer.

Nous nous regardons comme deux animaux qui s'épient, se flairent.

Étant bien évidemment donné que c'est à moi de faire attention, c'est moi l'adulte.

J'ai été moi-même à la place de cet enfant.

Aujourd'hui j'appelle ma belle-mère, Gabriela, la femme de mon père depuis plus de vingt ans. Avec tendresse, je lui demande pardon d'avoir été dure avec elle à l'époque. Maintenant, je comprends parfaitement ce qu'elle a pu ressentir.

Un enfant, son père et une autre femme. Ça fait deux contre une. Je rassure Gilles. Je suis passée par là, je vais faire attention. Ce père quelque peu inquiet de cette nouvelle relation pour son fils, ce fils qui vit en parallèle la séparation pour le moins difficile de ses parents.

Lors de nos premières vacances à trois, je retrouve l'enfant que j'étais avec la nouvelle femme de mon père. Mes attitudes de l'époque sont pareilles à celles de ce petit garçon aujourd'hui.

Des regards de lui sur moi. Je revois mes regards sur ma belle-mère à l'époque, *Qu'est-ce que tu fais là, toi ? T'es qui d'abord ?*

Je suis ce petit garçon et je suis cette belle-mère. Puis, le temps fait son travail, il grandit et comprend que ma relation avec son père n'a rien de temporaire. Elle a l'ambition de durer.

Gilles s'aventure à lui demander doucement s'il aimerait un petit frère ou une petite sœur.

Pendant un moment, je prends la place de l'alliée, de la copine. Je ne veux pas marquer l'autorité, c'est le rôle de son père. Moi je suis là pour le gâter, faire ce qu'il veut. Aujourd'hui je suis la mère de sa sœur. Nous ne faisons pas la distinction : demi-frère ou demi-sœur. Je suis une maman, comme la sienne. Je ne suis plus seulement l'amoureuse de son père. J'ai une nouvelle fonction pour lui. Une nouvelle complicité. Le soir venu, quand je lui souhaite de beaux rêves, je m'autorise à lui dire que je l'aime. Il l'entend.

Stéphane Guillon interprète Modigliani. La première de *Modi* a lieu au théâtre de l'Atelier, au début du mois d'octobre 2017. Nous n'irons pas au-delà des soixante représentations requises pour bénéficier du fonds de soutien (subvention de l'État). La pièce est un échec.

Il y a toujours une fleur derrière un crapaud. Je fais la connaissance de Geneviève Casile qui joue Eudoxie, la mère de Jeanne Hébuterne. Je l'appelle donc Man-man, on rit simplement, on s'envoie des clins d'œil, en coulisses. Sur scène, un drame se joue, Modigliani meurt d'une pneumonie dans la plus grande misère, Jeanne se jette par la fenêtre, enceinte de son deuxième enfant. Geneviève et moi jouons consciencieusement mais ne voulons rien prendre au sérieux, surtout pas le manque de spectateurs dans la salle.

Du mardi au samedi, vers 18 h 30, je la retrouve dans sa loge, juste à côté de la mienne, je m'attarde de plus en plus longtemps chaque soir. Je me maquille à côté d'elle, ma trousse sur les genoux, affalée dans une chaise longue pliante destinée au repos des comédiens. On se raconte la journée, on rit encore, on peste sur les uns, sur les autres. Je suis tellement grosse, j'ai du mal à m'extraire de cette chaise qui s'allonge et se redresse par l'impulsion des pieds sur la barre transversale qu'ils touchent. Je suis enceinte de six mois de toi. Combientième représentation ? Je ne sais plus, ça n'a pas d'importance. Les premières semaines, je fais le trajet de mon appartement au théâtre à pied, je n'habite pas très loin. En temps normal, cela me prend quinze-vingt minutes, à l'époque il m'en faut trente-trente-cinq, avec ma démarche de pingouin. Le retour se fait en taxi.

Jouer enceinte est relativement fréquent pour une comédienne. Les costumières et costumiers s'arrangent de toutes les physionomies. Jouer, enceinte, le rôle d'une femme enceinte, est plus rare. J'ai de la chance. Je travaille jusqu'au bout de mes capacités. La dernière a lieu au début du mois de décembre 2017, j'en suis au septième mois de grossesse. Ce n'est pas le fait que mon gros ventre soit impossible à dissimuler pour jouer le début de la pièce qui nous fait nous arrêter, mais toujours le manque de spectateurs. Je suis soulagée, je n'y suis pour rien.

Aujourd'hui, tu as deux ans passés. Je raconte à Geneviève au téléphone à quel point tu es adorable et insupportable à la fois. Surtout le soir, à partir de 18 heures, tu cours autour de nous, tu cries, tu ne cesses de t'agiter, sans paraître le moins du monde fatiguée de ta journée, au contraire. Geneviève m'écoute et me répond : « Eh bien, évidemment, c'est l'heure à laquelle tu partais, enceinte, au théâtre. Elle a suivi ton rythme. »

Je n'y avais même pas pensé. Tout s'explique.

2 février 2018, quelques jours avant ta naissance.

J'ai tout mon temps, je suis en congé « maternité ». Sophie Calle expose au musée de la Chasse et de la Nature, rue des Archives. J'aime son travail, sa vision des choses, donc, même très enceinte, je m'y rends.

L'exposition s'intitule « Beau doublé, Monsieur le Marquis ! », Sophie Calle y a invité la céramiste Serena Carone.

En faisant, *a posteriori*, quelques recherches sur cette exposition, je m'aperçois qu'elle démarre le 10 octobre 2017 et qu'elle s'arrête le jour même de ta naissance (!) le 11 février 2018.

Comment voir et attraper les signes qui se présentent à nous.

Je suis bien dans ce musée que je découvre pour la première fois. Je suis seule et je prends mon temps. Personne ne m'accompagne, je vais à mon rythme. Rien de mieux que d'aller voir une expo seule, déambuler comme bon me semble, plonger dans les œuvres proposées sans me soucier du sentiment de celui ou de celle qui pourrait m'accompagner. Certaines choses ne se partagent pas. Dans ce cas-là, j'aime m'évader seule. J'arrive très bien à oublier la présence des autres visiteurs. Le cinéma coïncide aussi avec de la solitude, le théâtre moins.

Je dois cet amour des œuvres d'art à mon père qui, très tôt, dès mes sept ans, m'emmenait dans tous les musées (les églises aussi, où, pour nous mécréants, l'art est célébré, pas Dieu). Selon mon père, la seule règle valable, dans ces temples sombres et silencieux, était de ne pas le suivre, de me promener, de m'arrêter devant l'œuvre que je choisirais, le temps que je souhaitais. Trouver seule ce qui m'émeut.

Il voulait former mon œil, mon goût.

Il faut dire que lui aussi aime le dessin, la peinture.

Un faussaire aurait pu sommeiller en lui. Il a réalisé moult copies de Miró, Kandinsky, Tamara de Lempicka. Finalement, sans jamais outrepasser ses talents, il inscrivait toujours ses propres initiales en bas, à droite, de chaque dessin et finissait par les brûler. Il déménage souvent, ne veut pas s'encombrer, ne s'attache à rien de matériel et s'allège. J'ai réussi à sauver des copies de Tex Avery en couleur et des têtes d'Indiens au crayon.

À chaque nouvelle adresse, seuls le suivent les livres qu'il aime, des photos de famille bien sûr et un petit secrétaire en acajou, offert par ma mère, avec de multiples cases et tiroirs secrets que j'ai passé toute ma jeunesse à ouvrir et fermer. Les grains de riz lancés à leur mariage ont séché à l'intérieur.

Mes premiers pas dans les musées, je suis perdue et je m'assure d'avoir toujours mon père en ligne de mire. Lui donner l'impression que mon choix est déterminé par des formes, des couleurs, alors que ce n'est qu'une affaire de distance entre lui et moi. Puis, petit à petit, à force de visites, j'oublie sa présence et je me laisse aller, je pars, je voyage, je veux pénétrer les toiles, serrer les marbres dans mes bras. Je fixe des points précis sur les tableaux jusqu'à m'étourdir et oublier le reste de la toile. Comme lorsque je fixe des photos de ma mère, parce que je suis subjuguée par sa beauté.

Je me souviens de moments d'hypnose ou de pleine conscience, comme on dirait aujourd'hui, devant des toiles de Kandinsky. Les classiques, les impressionnistes, Delacroix, Ingres, Bonnard, Balthus puis Egon Schiele, entre autres et dans le désordre. Je suis fascinée par l'espace qui offre tant de beautés. Autant qu'une seule œuvre, la somme des arts dans un même lieu me fait vaciller.

Au musée de la Chasse et de la Nature, Sophie Calle traite du deuil, de la perte, de l'absence. Elle dédie l'exposition à son père, Bob Calle, mort deux ans auparavant. Et à une perte d'inspiration, qu'elle tentera de puiser chez son poissonnier. On apprécie encore la malice des publicitaires lorsqu'elle prend au pied de la lettre le slogan : « Pêchez vos idées chez votre poissonnier ». Devant l'intention affichée de Sophie Calle, je m'esclaffe littéralement.

J'y vais doucement, la première salle du musée, au rez-de-chaussée, n'offre pas de chaises ni de bancs. Tout va bien, je retiens mon souffle, ce n'est que le début, rien ne me presse.

Je ne sais plus si je passe par les commodités ou même s'il y en a dans ce lieu. M'hydrater et me soulager sont mes principales nécessités en cette fin de gestation. J'emprunte un bel escalier doté d'une non moins belle rampe frisée et forgée.

Au premier étage, mes yeux tombent sur un large canapé en velours rouge, qui n'attend que moi.

Je découvre Sophie Calle en 2007, 2008 avec « Prenez soin de vous ». Je ne vois pas l'exposition mais l'amie Caroline m'offre le catalogue. À l'époque je l'ouvre à peine, j'aime juste son titre et sa couverture rose fluorescente. Je me dis que ce cadeau est un beau signe d'amitié, surtout s'il a été choisi pour son titre.

En 2013, dans la grosse chaleur du Vaucluse, je rencontre physiquement Sophie Calle, installée, pendant le festival d'Avignon, à l'hôtel La Mirande, chambre 20. Les spectateurs lui rendent visite pendant qu'elle prend son petit-déjeuner. Elle se met en scène, s'expose elle-même, muette mais mobile, sur son lit, entourée d'objets personnels. L'espace n'est pas large. Même si La Mirande est un hôtel cinq étoiles, elle ne choisit pas une suite. Nombre restreint de visiteurs. Il faut que certains sortent pour en faire entrer d'autres. Le parcours, dans la chambre et la salle de bains, est fléché. Nous suivons l'ordre préétabli.

J'arrive dans la chambre. Les visiteurs font le tour du lit, regardent tantôt les photos, textes, collés aux murs, objets posés sur le bureau, les fauteuils, tantôt Sophie Calle elle-même, allongée tranquillement sur son lit.

Je ris sans trop de bruit tout en la regardant lire son journal, l'air de rien, comme si elle était seule dans cette chambre. Elle se tourne vers moi, un peu surprise par l'effet qu'elle produit. Elle me demande : « Pourquoi vous riez ? » et moi, étonnée par ce qui semble être une légère vexation de sa part, de lui répondre : « C'est vous qui me faites rire. » Ce n'est pas vraiment sa personne mais l'installation, le dispositif qu'elle met en place pour le visiteur qui m'amusent autant. Je bredouille un peu et ne sais pas vraiment si je parviens en une seule phrase à me faire comprendre d'elle. Puis je m'arrête là, ce n'est pas une conversation qu'elle propose, du moins je n'ose pas l'entamer, et je continue ma déambulation entre gêne et audace.

Des années plus tard, toujours dans cet hôtel, je découvre un magnifique petit tableau, dans le premier salon aux murs couleur terre de Sienne, à gauche juste avant le jardin. Je ne connais ni le titre ni l'auteur de ce tableau et la réception de l'hôtel que je viens d'appeler ne me renseigne pas davantage.

Tant pis, le tableau est là, cette femme assise devant une fenêtre, de profil, lisant, est dans ce petit salon ocre et fleuri, et dans mon téléphone à la rubrique photos.

Nuit du 2 au 3 février 2018

Je ne dors pas. Je t'écris.

Tout est prêt. Les choses matérielles, indispensables à ton bien-être, les petits vêtements ou autres couvertures, bonnets qui vont te protéger de la température extérieure à mon corps, le couffin, le liniment qui te nettoiera. Tout est à sa place et n'attend plus que toi.

Mon carnet est posé sur mon ventre, gros de huit mois et une semaine. Il bouge au rythme des coups réguliers que tu donnes, avec ta main j'imagine, vu la position présumée de ton corps, la tête en bas, prête à faire ton apparition. J'apprendrai plus tard par une sage-femme venue à domicile que ces coups réguliers étaient en fait des hoquets. Je me prépare, je guette les signes corporels. Je n'ai pas la moindre idée de la sensation physique, de la douleur des contractions, de cette péridurale dont on me montre un dessin (une aiguille crochetée entre deux vertèbres) que je refuse de regarder. À quoi bon ? On me dira bien quand respirer et quand pousser. Il faut simplement être courageuse.

Deux semaines avant la date prévue, les naissances sont fréquentes, paraît-il.

Toi, tu n'as pas l'air de vouloir naître en avance.

Il y a deux façons de voir les choses. Soit tu veux rester au chaud, dans ta poche, jusqu'au bout. Tu te sens bien, tu as confiance en moi à l'intérieur de mon corps, je ne te fais pas peur. Soit tu ne veux pas sortir, pas naître, parce que tu ressens déjà toutes les tensions extérieures, surtout les miennes. Faut-il chercher des explications à tout ce qui arrive ?

9 février 2018

Je suis réveillée par du sang dans la nuit.

Je rêve que je suis indisposée. La chaleur du liquide m'extirpe du sommeil, je me rends compte que ce rêve est une réalité.

Je vais voir ton père, il dort dans le bureau pour me laisser tout mon espace de baleine. Je ne m'affole pas, nous sommes à une semaine du terme. Il serait normal que tu te pointes maintenant.

Ton grand frère est avec nous cette semaine, je pars donc seule à la maternité, en éclaireuse, encouragée par l'infirmière au téléphone.

Évidemment c'est une fausse alerte, les prémices du travail, je suis gentiment renvoyée chez moi. Il est 4 heures du matin.

Remise au lit, impatiente et déçue, je tente de me rendormir.

Les minuscules contractions qui m'ont réveillée tout à l'heure, puis ont disparu arrivée à la maternité, reviennent tranquillement mais sûrement dans mon lit.

Je retourne à l'hôpital à la lumière du jour. Un monitoring pour mesurer les contractions et un autre pour ton rythme cardiaque sont sanglés à mon ventre. Les heures passent, les vagues s'intensifient. La houle et le mal de mer. Aucune peur. Gérer la douleur, respirer profondément, nous donner à toutes les deux de l'oxygène. Un médecin passe dans le couloir et entend mes gémissements. Il croise le regard suppliant de ton père, moi je ne regarde personne, je ferme les yeux, appliquée. Depuis environ trente minutes, je suis assise sur un ballon d'un bon mètre de diamètre, à faire des cercles avec mon bassin, j'expire le plus fort possible à chaque nouvelle contraction. Je broie la main de Gilles. Plus j'ai mal, plus je ris, surprise par le mouvement de la douleur. Le médecin dit : « Il ne faut pas la laisser comme ça. » Béni soit le dérivé de morphine.

Quand elle pénètre dans la salle de travail pour se présenter à nous, C., la sage-femme en chef me fait vaguement, mais suffisamment pour me déconcentrer, penser à une femme que je connais. Une femme que j'ai trompée en couchant avec son mari. Je ne sais pas si c'est la finesse des traits ou le timbre de voix de C. qui me font penser à cette femme.

Après avoir cherché puis trouvé à qui elle me faisait penser, je parviens à chasser le caractère déplaisant et culpabilisant pour moi de cette ressemblance.

Elle est belle, a un visage délicat, fait pour son métier. Une chose détonne avec son apparente féminité : ses cheveux coupés très court. Sans se le dire immédiatement, ton père et moi orientons directement, et en suivant bien des clichés et des *a priori*, sa sexualité vers son propre genre.

Ton père pense qu'elle aime les femmes parce qu'elle le rabroue à plusieurs reprises, il n'arrête pas d'entrer et sortir de la salle de travail sans refermer la porte derrière lui. Il est comme ça, ton père, il ne tient pas en place. Moi, j'ai l'impression toute modeste que je lui plais, ce qui est un sentiment très particulier, la voyant très concentrée, la tête entre mes cuisses, à ce moment précis, elle de son travail, moi de mon existence et toi de ton premier grand voyage.

Je le saurai plus tard, C. est du même signe astrologique que toi. Encore un signe, me dis-je. Elle me l'apprend parce que je dis, au détour d'une contraction ou de l'examen de l'ouverture de mon col, je ne sais plus, que je ne connais pas grand monde, dans mon entourage proche, né en février, dans les décans du Verseau.

C. aussi entre et sort de la pièce, mais elle, elle doit aider trois autres femmes à donner la vie cette nuit-là.

Vers minuit, deux heures après l'injection de morphine (les horaires sont bien gravés, je voyais une pendule sur le mur d'en face, au-dessus de mes genoux), je me rappelle la voir rentrer flanquée de l'anesthésiste et de son petit chapeau vert. Mais, grâce à la morphine préalablement injectée, je vois l'arrivée de cet homme baraqué au chapeau vert avec une certaine détente. Je sens toutes les contractions par lesquelles tu te prépares à venir, mais sans aucune douleur. Je répète aux infirmières et internes qui entrent à quel point je me sens bien. Évidemment, c'est C. que je loue le plus. Notamment quand j'ai les mains posées sur ses épaules, elle bien en face de moi, moi assise sur la table de travail, mon anesthésiste dans le dos, prêt à piquer. Mes yeux sont plongés dans les siens, omniprésents puisque son front est caché par sa frange, son nez et sa bouche par son masque en papier, vert lui aussi.

« Vous faites un métier formidable », en traînant bien sur les voyelles. Fooooormidaaaable. C'est dire si la morphine est bonne. « Vous êtes tellement douces et rassurantes. Vous ne pouvez pas savoir à quel point c'est important pour nous. »

« Nous » étant les femmes sur le point de faire quelque chose dont elles n'ont pas idée. Pendant la mise en place de la péridurale, je respire comme elle me l'indique et lui parle pour me distraire de ce qui se passe derrière moi. Je voudrais la remercier, elle et tout le reste du personnel hospitalier, à qui je dois ma détente et ma sérénité que je trouve incroyables *a posteriori*, me connaissant. Comme si tout devait se passer ainsi, dans l'excitation et le calme joyeux. Comme si j'étais faite pour ça. Pour le vivre comme ça. On n'est pas obligé d'avoir mal tout le temps.

Entre deux contractions, à quelques minutes de ton arrivée, une infirmière entre, un peu plus âgée que ma C. Je ne sais pas ce qu'elle vient faire, il y a beaucoup de va-et-vient et je suis trop occupée à pousser. J'imagine qu'elle vient saluer toutes les parturientes du soir. Elle se poste à ma droite, me regarde, touche mon bras et me dit : « Oh, vous ressemblez à quelqu'un, vous… » Elle a l'air d'hésiter mais sait pertinemment, en souriant. « Vous allez vraiment me demander ça maintenant ? » Je lui réponds sans agressivité, la morphine me transforme en loukoum. C. prend le relais : « Ah non, hein !

C'est son moment, là ! » L'élégance magnifique de ma sage-femme. Ma mère est partout avec moi, jusque dans la salle de travail.

Elle est décidément tellement gentille, cette C., qu'elle va rester au-delà du temps de sa garde, pour m'accompagner jusqu'au bout, elle aurait dû finir à 8 heures, je crois, tu vas naître à 8 h 42.

La chambre 525 de la maternité.

Notre tour d'ivoire.

(Peut-être joueras-tu ce nombre au Loto, en y ajoutant ton anniversaire, celui de ta famille, de tes amoureux. Mais non, j'y pense maintenant, les chiffres du Loto s'arrêtent au 49.)

J'y suis tellement bien, dans cette chambre, que certains messages ou autres textos me parviennent comme des agressions. Je ne veux pas parler à tout le monde. Pas tout de suite. J'envoie copieusement paître un ami qui, croyant bien faire, transfère ta photo à quelques camarades proches avec lesquels j'ai travaillé récemment. Je ne le comprends pas tout de suite mais ces camarades sont avec lui au moment où je lui envoie ta photo et c'est tout naturellement qu'il tend son téléphone et te montre à ses voisins. C'est tout aussi naturellement que ces voisins m'envoient un message de félicitations. Moi, coupée du reste du monde, je bondis à la lecture de leur message et gronde le coupable. Qu'il reçoive ici mes excuses.

Avant de quitter les lieux, histoire d'immortaliser ce qui vient de se passer et de compléter les quarante-cinq clichés pris en salle de travail de toi nettoyée, de ton père halluciné mais se donnant l'air assuré avec toi dans ses bras, de moi les pupilles complètement dilatées par l'anesthésie, je prends une photo de la chambre, du lit médical mécanisé, le dossier relevé à l'aide de la télécommande, mes sacs posés sur le lit, toi dans ton couffin en Plexiglas, du plan de travail composé d'un évier, de la table à langer, les couches, les crèmes, les minuscules bouteilles de lait.

Tout un nouvel attirail.

ANNA.

J'aime ton prénom, sur lequel nous mettons pourtant trois jours à nous arrêter. Simple et grand, court et fort, beau dans toutes les langues. Ce prénom ne m'appartient pas, me donne l'impression d'être neutre pour n'être qu'à toi.

Pas d'effet de mode dans ce choix, juste une petite consonance italienne.

Pas d'affect non plus, un prénom éloigné de tes parents, du reste de ta famille, que tu pourras donc t'approprier et faire tien. Dans le choix de tes seconds prénoms seulement, nous avons glissé une référence à mon film favori, *Rosalie*.

J'essaie de nommer le bouleversement.

Ma journée se rythme par toi, avec toi. Je découvre le manque physique de ne pas te tenir dans mes bras si ce n'est en permanence, du moins plusieurs fois par jour. J'en suis presque effrayée. Ce besoin est bousculé par la mauvaise grippe qui nous assomme, ton père et moi. Il n'est pas question que tu l'attrapes, nous portons (déjà) des masques chirurgicaux, bleus d'un côté, blancs de l'autre, achetés à la pharmacie en bas de chez nous. À force d'y aller pour toi, je connais les prénoms de tout le personnel de l'officine, Rémi le patron, Valérie, Cécile, Pascale. Pendant les trois premières semaines de ta vie, nous vivons à Paris un froid sibérien. Nous restons, toi et moi, calfeutrées à la maison.

Le temps passe encore plus vite. Je cours après toi. Je n'y comprends rien. Je voudrais revenir au temps de la maternité. Je pleure encore de joie au souvenir de ma main qui te caresse pour la première fois. Ta peau toute chaude, collante et blanchâtre. Comme je voudrais revivre mon accouchement, ta naissance. Moi qui pensais hoqueter d'émotion à ta vue, non.

J'ai posé mes mains sur toi, j'ai dit : « Mon amour, mon amour, mon amour » (avec cette succession, mon ordinateur finit par écrire automatiquement « Mona Mour »).

Plusieurs mois après ta venue au monde, je passe par hasard devant la maternité, il m'est très facile de repérer la fenêtre de notre chambre.

Je me souviens parfaitement de la vue qu'offrait cette fenêtre. La fin de l'avenue de l'Observatoire, l'arrêt du 38, le carrefour, La Closerie des Lilas où a été tournée une scène du *Vieux Fusil*. Je n'ai pas choisi cette maternité pour son emplacement mais parce qu'elle est spécialisée dans les grossesses tardives, elle a tout l'appareillage en cas de complications pour la mère ou l'enfant.

Aujourd'hui, j'ai toujours de bons prétextes pour prendre le boulevard du Port-Royal. Mon kinésithérapeute est derrière la tour Montparnasse, je n'y peux rien, la maternité est sur mon chemin.

Je te regarde, je n'en crois pas mes yeux. Toi, tu ne me vois pas encore.

Tu distingues seulement des ombres, des formes et, d'après ta pédiatre, les couleurs rouge, noir et blanc. Comment peut-elle le savoir ? Des expériences le prouvent.

Nous communiquons par la voix et le toucher.

Même si le plus souvent je formule des phrases entières pour te rassurer si besoin et tenter d'expliquer les choses, j'imite aussi les sons que tu produis. Ba-Ga-Bo-Go. Tout est normal.

J'ai peur de ne pas savoir m'occuper de toi, d'être trop hésitante, de mal faire. Pourtant, mes gestes semblent naturels. Ni précis, ni maladroits. Tu t'adaptes. C'est comme si j'étais faite pour t'attendre, faite pour toi, pour être ta mère. Comme si tu avais toujours été là, cachée, prête à surgir, comme si tout allait de soi. Nous apprenons à nous connaître. Tu es bien patiente avec moi. Je ne sais pas si j'arrive toujours à trouver des positions confortables. Dans mes bras, plus ou moins assise sur le lit ou le canapé, le siège auto, le porte-bébé.

Tu n'as pas l'air mal. Tu regardes vers moi, un peu éberluée, tes yeux grands ouverts mais toujours curieuse et contente.

Je l'assure, je n'édulcore rien, pour l'instant tu es ce que l'on appelle un « bébé facile ». Tu pleures très peu, seulement quand tu as faim, quand tu es gênée par le poids de ta couche ou quand tu résistes un peu au sommeil. Nous t'emmenons partout où nous allons et le plus souvent possible. Tu n'as pas encore deux mois et nous attendons déjà tes passeport et carte d'identité, pour lesquels nous avons vite déposé un dossier à la mairie. Je n'ai pas peur de toi, puisque j'ai l'impression déjà de te connaître. Je n'ai plus peur de rien. Taratata. J'ai peur de tout. Un jour sur deux.

Je ne suis pas seule à m'extasier devant toi. Mes grands-parents me suivent de près. Mon père aussi, même s'il ne l'avoue qu'un jour sur deux, nous tous, amoureux de toi. C'est ridicule mais nous ne savons pas faire autrement. Incontestablement, tu es la plus jolie, la plus drôle, la plus intelligente. Pour couronner le tout, nous clamons notre objectivité, même entre nous, c'est à mourir de rire.

« Regarde-la, non mais regarde-la, elle a quelque chose de spécial cette gamine. Tu as vu ses cheveux, c'est de la soie, et cette couleur, ils sont magnifiques. Regarde comme elle est bien faite, fine, proportionnée. »

Ton père, lui, heureusement contrebalance. Il se demande sans cesse, à haute voix, si tu n'es pas grosse, trouve que tu manges de trop, te surnomme Bouille-bouille. Un équilibre dans l'amour est enfin trouvé. Tout est normal.

Monique dit toujours, quand elle s'adresse à toi : « Oui, elle est là, ta maman, ne t'inquiète pas. » Et à moi : « Prends soin de toi, ma chérie, n'oublie pas que ta fille a besoin de toi. » Peut-être se dit-elle que, s'il m'arrivait quelque chose, elle serait trop âgée pour assurer mon remplacement, et quelle femme alors pourrait te couvrir de caresses et de baisers ? Nous avons les mêmes angoisses.

Elle qui a eu si peur qu'il me manque quelque chose, qui a tout fait pour que je ne manque de rien, dévouée, mère jusqu'au bout. Elle me rappelle aujourd'hui que tu as besoin de moi. Qu'une fille a besoin de sa mère.

Elle me demande régulièrement comment je vais, ajoutant aussitôt que toi tu vas très bien, que cela saute aux yeux comme je m'occupe bien de toi. Je ne connais pas de plus beau compliment. Je suis adoubée dans mon rôle de mère.

Monique est joyeuse, tout le temps. Surtout quand elle nous voit toutes les deux. Anna, dès que tu franchis le seuil de son appartement, elle est prête à jouer avec toi. À n'importe quoi et dans n'importe quelle position. Bientôt quatre-vingt-dix ans et la voilà à quatre pattes, à plat ventre, sur le dos, pire, courant après toi autour de la table basse du salon. Quand nous rentrons toutes les deux à la maison, je t'entends la chercher : « Elle est où Mamie ? » Je ne fais pas la moitié de ce qu'elle fait avec toi. Les grands-mères sont faites pour ça. Elle me dit : « C'est normal que tu ne joues pas autant avec elle, tu travailles, toi. »

Je lui demande : « À ton avis, pourquoi aimons-nous tant cette enfant ? » Elle me répond : « D'abord parce que c'est ta fille. » Pensent-ils à ma mère, à mon frère ? Nous n'en parlons pas tout à fait, c'est

peut-être inutile, nous le savons déjà. Puis, naturellement, elle m'explique que tu es la vie dans toute
sa splendeur pour eux, non loin de la fin. Je n'ose
pas toujours te laisser chez eux plusieurs jours de
suite. « Si on n'en était pas capables, on te le dirait.
C'est fatigant mais on se sent vivants, utiles. »

Toujours Monique, l'autre jour en parlant de toi :
« Je ne voulais pas m'y attacher mais… », elle soupire
sans te quitter des yeux, impossible. « Aura-t-elle des
souvenirs de ses arrière-grands-parents ? » De quoi
sera faite ta mémoire, je me le demande. Son cœur
est lourd de ne pas te voir grandir pour longtemps.
« Tu lui diras bien que ses arrière-grands-parents
l'ont adorée. » Aujourd'hui, tu marches, tu parles,
tu joues avec elle toute la journée. « Tu vois, Mamie,
tu es toujours là ! » « Eh oui », elle me répond en
riant doucement de ne pas savoir combien de temps
cela durera.

Il faut que je me prépare. Je n'y pensais plus. Un
ami m'apprend la mort de son père. Dans ma famille,
qui sera le prochain sur la liste ? Ma grand-mère ?
Mon grand-père ? Régulièrement, avec mon père
et mon oncle, nous parlons « des parents » comme
si nous étions frères et sœur. C'est comme ça, nous
avons tous trois été élevés par les mêmes personnes.
« Comment tu les as trouvés ? En forme, fatigués ? »

Rien n'est trop propre pour toi, tout est trop sale, c'est selon. Nos mains, ton corps entier, tes vêtements, tes draps, tes peluches, ton biberon que je rince une dizaine de fois (à chaque lavage), l'appartement du sol au plafond. Ton père me regarde m'agiter. Tout va bien. Je suis très calme. Où est le problème ? Je veux le meilleur pour toi. Devenir mère c'est devenir folle. D'inquiétude. Pour tout et tout de suite, dès ta naissance. Est-ce que tu respires bien, est-ce que tu manges bien, est-ce que tu dors bien, comment sont tes selles ? Les premiers mois du premier enfant, l'horreur pour moi. J'ai quarante-trois ans, je n'aurai qu'un enfant. Tout va bien se passer, tout va bien se passer. J'exagère ? À peine.

Tes mains devant ton visage attrapent des mouches imaginaires. Je lève la tête de mon clavier et tu es là, couchée sur le dos, à babiller, inimaginable il y a un an.

Tu te bats avec tes mains, emmaillotées pour éviter les griffures, j'ai du mal à te limer les ongles. Tu les apprivoises comme une tétine. Tu parviens presque à mettre ton poing serré tout entier dans ta bouche.

Tu trouves de toi-même ce qui te fait du bien. Ton instinct de survie est en marche.

Cette nuit, je rêve que je rencontre une vieille connaissance. À un moment donné de ce scénario nocturne, cette personne me demande comment je vais, ce que je deviens. Je lui réponds : « Je vais bien, très bien même. » Léger flottement. Je cherche pourquoi je vais bien. Mais oui ! C'est ça ! J'ai eu un enfant !

Tu es une enfant robuste, tout le monde le dit, du pédiatre aux inconnus qui te voient pour la première fois.

« Un beau bébé », disent-ils.

J'exulte, je n'en crois pas mes oreilles, j'entends « bonne santé », « instinct de survie », « confiance ». C'est tout ce qui m'importe. Tu es taillée pour vivre. Survivre à toutes les épreuves, comme moi. Tu auras une belle vie.

Presque trois mois, et tu t'attaques aux rudiments du langage. Tu cherches à communiquer avec nous. Tu sembles vouloir que je te regarde en permanence, ce dont je me lasse rarement. Tu as besoin de l'échange visuel, tactile. Cela te rassure et te donne l'indispensable confiance en toi. Je glane quelques préceptes élémentaires dans des manuels de puériculture.

Parfois je te regarde, sans prendre conscience du fait que je vais devoir m'occuper de toi toute la vie. Comme si tu n'étais là que pour un temps donné. Qu'on te prête à moi ou que je te loue, comme une voiture. Je ne sais rien des mois, des années à venir.

Je te scrute pour voir si tout va bien, si tout est en place. Ma pauvre, tu subis un contrôle technique quotidien. Je ne pense plus qu'aux soins élémentaires. Nettoyage de l'œil droit, ton canal lacrymal est légèrement obstrué, il faut le masser. Température des mains, des pieds, du front. Je dois être pragmatique sous peine de rester bouche béante devant toi, inerte, fascinée comme devant la petite châtelaine de Camille Claudel.

Tes yeux tournent maintenant au vert, je crois, je l'aimerais.

Une couleur verte pour tes yeux, comme moi, comme ma mère et comme mon frère, avec une nuance différente pour chacun de nous trois, nous quatre avec toi, mais vert reste la dominante.

C'est la couleur que je fais inscrire arbitrairement sur tes papiers d'identité, comme pour forcer le sort. Dans le service concerné de la mairie, j'insiste, « vert », alors que oui, c'est vrai, il est encore tôt pour le dire. Ton père se retourne vers moi :

« Ah bon ?! Comment peux-tu le savoir ?

— Vert, je te dis. »

Il sourit sans insister, mais sans savoir pourquoi moi je le fais.

Plusieurs mois ont passé. Que ma volonté ne soit pas faite, je ne suis pas toute-puissante. Ce n'est pas grave, tout va bien. Tu as aussi le droit de ressembler à ton père. Tes yeux sont bien marron. C'est parfait comme ça. De nos amis, nous entendons autant « elle tient de sa mère » que « elle tient de son père ».

Je regarde mon visage. Il est coupé en deux dans le sens de la longueur. Je tire un trait à l'horizontale juste en dessous de mon nez. En incluant ma bouche. Le centre du visage tient de ma mère. Pas identique, mais même bouche charnue, petit nez, yeux de je ne sais quelle forme mais expressifs, large front. De mon père, je tiens mes maxillaires. Une mâchoire très carrée, d'homme.

Je regarde Monique et Bernard, je ne sais pas de qui il tient le bas de ce visage. Qui lui va bien du reste. Mon père est objectivement beau, son visage est harmonieux avec des traits forts. Il le sait et a toujours considéré cette beauté comme une chance. Bien sûr, tout est plus facile quand l'autre a plaisir à vous regarder. Dans la famille, nous avons conscience de notre privilège.

Mon visage à moi a la forme d'un trapèze. C'est étrange, parfois je trouve ça original, singulier. Parfois, je trouve ça franchement laid. Devant un miroir, je ne fais pas attention à ma mâchoire. Je ne la vois pas. Elle me saute aux yeux quand je regarde une photo de moi, prise par quelqu'un d'autre. Parfois, ça passe, c'est joli, parfois ça déforme, ça occulte le reste. Je ne vois plus que ça. Tant pis. J'ai appris à l'accepter. Je m'en fous. C'est ce qui fait que je ne suis pas complètement comme ma mère. Pas aussi belle qu'elle. Il y a toujours quelqu'un pour me le dire. Pas avec ces mots-là mais tout de même. Je ne serais qu'un ersatz de ma mère ? Je serais si stupide de le penser. Devant le miroir, je ne vois rien. Je ne me dis pas *Qu'est-ce que tu es belle*. Parfois, j'aime ce que j'y vois. Je me dis que j'ai de la chance.

Je regarde mes yeux qui me regardent. Je me parle sans ouvrir la bouche. Je me demande où j'en suis dans l'existence, comment je vais. Je ne triche pas, quel intérêt ? Il n'y a que moi dans la salle de bains. Je teste ma bonne foi. Est-ce que j'ai une tête d'honnête femme ? Quelques secondes suffisent, l'état des lieux ne doit pas durer des heures, sous peine d'entendre s'enchaîner les questions, avec l'obligation d'y répondre. Ne pas aller aux détails, c'est un examen d'ensemble. Je me réponds *Ça va, ça va aller, continue.*

Mes mains aussi sont celles de mon père. Doigts longs et fins. Ma mère n'aimait pas ses mains.

Un regard foudroyant. Vous avez le même. Même si vos yeux ne sont pas de la même couleur, vous vous ressemblez. Je connais très bien les photos de ma mère bébé, à six mois. Une intensité dans sa plus pure expression vous traverse. Et moi, par vous, je suis traversée. Qui est-ce que je tiens dans mes bras ? Toi ? Moi ? Ma mère ?

Je marche constamment sur ce fil qui nous lie, tendu mais incassable. La vie que tu m'as donnée, qui me reste. Une vie interrompue il y a trente-huit ans, une autre qui commence aujourd'hui. Au milieu, je suis là. Au milieu, je reste.

Je l'imagine arpenter les rues de Paris que nous traversons, presque deux générations plus tard.

Les années 1990

Quels étaient les rapports entre ma mère et la sienne ?

Je ne fais que des suppositions, nous n'avons pas eu le temps d'en parler, ni avec l'une, ni avec l'autre. Je rends visite à ma grand-mère Magda en Bavière, une fois par an, accompagnée de mon oncle Wolfi, le petit frère de ma mère, et de ses filles Carolina et Patrizia, mes cousines. Elles se chargent de la traduction. Je ne parle pas l'allemand, je rejette cette langue. Je bredouille quelques mots mais je ne veux pas l'apprendre. Avec qui la pratiquer aujourd'hui ? Il n'empêche que cette langue si abrupte et si éloignée sonne de façon absolument charmante quand c'est ma mère qui la parle.

J'ai longtemps imaginé que l'allemand me reviendrait par enchantement. Mais non. Ma mère ne l'a jamais parlé avec moi. Elle avait choisi la France de toute façon. Ses compatriotes lui reprochaient assez d'avoir quitté son pays d'origine, sans comprendre que ses ambitions étaient ailleurs. Mon oncle et mes cousines parlent très bien français et aujourd'hui nous échangeons de plus en plus en italien, puisqu'ils ont longtemps vécu à Lugano. Bien sûr, à l'époque, devant ma grand-mère, je ne suis pas très fière de mon choix. Mais nous réussissons quand même à nous témoigner de l'affection. Je me demande d'ailleurs si c'est le terme adéquat. Les premières années où je lui rends visite sans ma mère, sans sa fille, j'ai l'image d'une actrice qui vit dans le passé, pas de la grand-mère qui nous fait un *Apfelstrudel*. Il n'y a pas de grande complicité entre elle, mes cousines et moi. Comment faire quand on a perdu sa fille et son petit-fils ? Quels rapports pouvons-nous avoir elle et moi ? Elle se met sur son trente-et-un pour nous, elle sort tous les bijoux, ses plus belles robes, et son dernier mari tourne autour d'elle comme « un chambellan ». C'est le mot de ma cousine Patrizia que j'appelle pour être sûre d'avoir le bon souvenir de notre grand-mère. Elle me le confirme. Ma cousine en a un autre moins doux avec Magda. Elle est enrobée à l'adolescence et notre grand-mère n'hésite pas à lui dire qu'elle est grosse et que si elle-même avait eu ce poids, elle n'aurait jamais pu être actrice ! On en rit, Patrizia et moi, au téléphone, elle ajoute que c'est justement parce qu'elle a hérité des gènes de la Magda qu'elle a dû souvent batailler avec ses kilos.

Avec l'oncle Wolfi, nous passons plusieurs années à nous chercher, sans oser nous parler franchement ni même nous regarder dans les yeux. Je tente de retrouver ma mère dans les traits de son jeune frère. Il voit sa sœur en moi aussi. Nous sourions, nous baissons la tête, trop émus. Les ressemblances sont étonnantes, nous troublent et nous rendent mutiques. Encore une fois, je n'attends pas toutes les réponses.

Je reviens à ma mère avec la sienne. Ont-elles été complices ? Ont-elles eu plus d'engueulades que de goûts partagés ? S'est-elle servie de sa mère comme modèle ? Entre elles, y a-t-il eu de grandes réconciliations ? ou des non-dits accumulés ? J'imagine un certain type de relation, plus froide que chaude.

Les hommes lui ont sans doute fait davantage appréhender sa féminité que sa propre mère.

Avant de connaître ma grand-mère Monique, qui appelait-elle pour se consoler ? Quelle mère a-t-elle voulu devenir après tout ça ? J'ai remplacé ma mère par la force des choses. A-t-elle remplacé la sienne, même vivante ? Mon propre désir d'être mère décuplé par tout ça ? Prendre la place de ma mère ?

Chercheras-tu ces réponses-là, toi, ma fille ? Vas-tu t'intéresser à tes grands-parents ? Avec plus de légèreté que moi j'espère.

Mai 2018

En parlant des Allemands, je vois l'excellent documentaire *La Traversée*. Daniel Cohn-Bendit et Romain
Goupil vont à la rencontre de Français engagés dans
la société. J'entends Daniel Cohn-Bendit raconter, à
un infirmier touché d'avoir dû annoncer à un enfant
de onze ans la perte d'un de ses parents, que lui aussi
a perdu son père à treize ans. Il lui explique que l'on
refoule vite en tant qu'enfant, que c'est beaucoup
plus tard que cela revient. C'est vrai. La mère ne
m'a jamais manqué, petite. C'est la femme qui m'a
manqué, une fois adulte.

La veille de l'automne, les derniers beaux jours.
Je passe un nouveau week-end dans l'Eure. Quinze
ans que je m'y rends régulièrement, le plus souvent
possible, au moins une fois par mois. Je conduis, je
choisis mon heure, je peux éviter les bouchons. Je
prends le pont de Saint-Cloud, l'A13, et je file entre
la centrale de Porcheville et les carrières de pierres,
sortie 12, je respire.

Depuis le temps, je cherche une maison dans les environs, je ne sais plus si c'est la région ou les amis retrouvés qui m'attirent irrésistiblement.

Chacun connaît mon désir de m'installer sur place et tous me tiennent informée des maisons qui entrent sur le marché de la vente ou de la location.

Nous sommes donc fin septembre, mon hôte et ami me lance :

« Tu sais qu'il y a une maison à vendre dans le village ? Le propriétaire est devenu un bon copain. Il vient déjeuner demain avec ses deux enfants. »

Moi : « Pourquoi il vend ? »

L'histoire s'attriste. Il y a quelques mois, il a perdu sa femme, la mère de ses enfants, d'un cancer. Elle était beaucoup trop jeune, une quarantaine d'années sûrement, et leurs enfants encore plus, six et dix ans. Un petit garçon et sa grande sœur.

Ce jeune veuf, il déteste sans doute être nommé ainsi, ne veut plus rester dans cette maison. Il doit certainement voir et entendre sa femme partout dans ce lieu.

Je ne peux pas m'intéresser à cette maison chargée de son histoire tragique. De toute façon, je n'ai pas les moyens de l'acheter.

Le lendemain midi, la famille arrive. Surtout, ne pas leur montrer que je suis au courant de ce qu'ils ont traversé, de ce qu'ils traversent encore. Faire comme si de rien n'était ? Comme si je ne savais pas ? Une telle tragédie précède toujours ceux qui l'ont vécue, qui la vivent. Le père sait que je sais. Ne pas les stigmatiser. Ne pas les mettre mal à l'aise.

Mais peut-être attendent-ils qu'on les prenne dans les bras ? Le plus de bras possible ?

Je m'approche pour dire bonjour en souriant franchement. J'essaie de tout faire passer dans ce sourire et cette accolade. Au milieu de l'accueil, j'observe discrètement ces enfants, comme mes frère et sœur de chagrin.

Cet homme connaît mon histoire presque autant que moi la sienne, notre ami commun lui a parlé de moi comme d'une amie très proche qu'il rencontrerait sûrement bientôt, le cercle d'amis s'agrandissant. Les présentations ont été faites en notre absence.

Je me retiens, bien sûr, mais je voudrais lui faire comprendre qu'il peut me parler, quand il le souhaitera. Je comprends, vu la joie ambiante, que je vais les revoir souvent, lui et ses enfants, et j'en suis heureuse.

Nombre de repas ont été partagés depuis, et nous réussissons, en toute pudeur pour lui et respect pour moi, à échanger quelques mots sur ces questions devant lesquelles il se trouve brutalement démuni.

Comment élever seul ses enfants ? Comment vivre avec l'absence d'une mère ?

Après quelques tours de ce pot bien crasseux qui nous fait horreur, quelques plaisanteries (évidemment, nous rions de la mort), et quelques verres (on boit et on mange toujours trop chez Denis et Karine), un soir il me pose la question.

« Comment tu as vécu tout ça, toi ? » Les enfants jouent à l'étage.

Je lui réponds, portée par les rires francs des conversations précédentes, qu'il s'attaque à mon domaine de prédilection (sous-entendu, la mort) !

J'ajoute que j'ai été très entourée et qu'il faut en parler, ne pas garder les choses pour soi. « Et ça ira. »

L'alcool nous aide à braver la montagne maudite mais ce n'est que le premier palier. Le reste doit se gravir dans la solitude et les souvenirs.

Très vite, nous reprenons la vie, nous sommes toujours à table, le dessert arrive. Les quatre amis autour de nous n'avaient pas vraiment cessé leur conversation, tentant de nous laisser un semblant d'intimité.

Parmi ces quatre autres convives, B. est présente et entamera quelques mois plus tard, de la façon la plus douce et la plus heureuse, une relation amoureuse avec ce papa.

Et ça va déjà mieux.

Si j'osais, je serais comme Amma, en Inde. Celle qui prend dans ses bras le monde entier et quiconque perdrait un parent, un frère, un fils. Amma et son pouvoir réconfortant. J'ai été réconfortée, je saurais le faire à mon tour. *Viens dans mes bras, moi aussi je suis passée par là.* Ordre bien présomptueux. Un chagrin est unique pour celui qui l'éprouve.

Je suis dans le train, c'est ton premier voyage, dans un wagon famille qui sent l'œuf dur. Nous allons à Toulouse pour retrouver une amie de vingt ans et te présenter. Nous sommes en pleine période des grèves perlées à la SNCF. En avant les chips et les sandwichs en papier alu. C'est l'heure du déjeuner.

Ce matin, je me suis engueulée avec ton père. Et maintenant dans le train j'ai de la peine. Je m'en veux. Nous détestons, l'un comme l'autre, rester fâchés, mais nous ne savons pas nous aimer parfois. Au fond, nous sommes restés de grands enfants qui jouent le rôle de parents, nous estimons à tour de rôle subir une injustice, nous réclamons des libertés auxquelles nous n'avons plus droit puisque tu es là.

C'est faux, si nous sommes bien, tu seras bien. On pense parfois, ton père comme moi, ne pas mériter la joie. On se pose en victimes, on se punit nous-mêmes, comme des enfants. Qui sont les parents maintenant ?

Et si je n'étais pas la mère parfaite ? Elle n'existe pas. Et si nous n'arrivions pas à t'élever ? Si tu n'étais pas l'enfant idéale que tu sembles être pour l'instant ? Si tu refusais de nous croire quand nous te donnerons de bonne foi nos meilleurs conseils ? Si tu nous prenais pour des cons plus longtemps que raisonnable ?

Je suis toujours dans le train avec toi, endormie à côté de moi dans ta nacelle depuis le départ de Paris. Je te regarde mais déjà moins constamment. La norme revient.

La femme assise presque en face de moi dans le train est une belle-mère : la petite fille assise à côté d'elle ne l'appelle pas Maman. Je les observe. Je n'arrive pas à savoir si cette femme est très gentille avec cette petite fille ou si elle la maltraite totalement. En l'observant, on pourrait croire aux deux options. Elle pourrait très bien faire semblant d'être gentille, drôle et complice avec cette petite fille, de huit ans tout au plus.

Ça y est, j'arrive à lire et à écrire tout en te donnant le biberon, et d'autres choses que des manuels de puériculture.

Je me découvre des talents d'équilibriste, avec toi allongée sur mes jambes en tailleur. Le matin, je me réveille avant toi. J'écris pendant ces premières heures de la journée. J'écris aussi avant, pendant et après tes siestes et même pendant tes repas. Nous sommes aujourd'hui le mercredi 16 mai, il est 7 h 51 sur mon ordinateur flambant neuf acheté pour l'occasion, c'est toi l'occasion, et j'écris. Je t'entends te réveiller doucement. Il y a à peine quarante-huit heures, tu as vraiment découvert ton pouce. Tu le remets régulièrement en bouche, ce n'est pas juste un accident sur la route de ton bras, de ta main. Et, grâce à cette succion qui te calme, je gagne quelques minutes avant de préparer ton premier biberon. Tu me laisses travailler, tu veux ces pages autant que moi.

Pourquoi je t'écris ? Pourquoi cela devient-il un travail, un besoin, une nécessité absolue ? Je ne vais pas mourir. Pas tout de suite, pas dans un an, pas à quarante-quatre ans comme ma mère. Mais si jamais, je dois te laisser quelque chose de moi. J'ai si peu de ma mère, j'aurais voulu qu'elle aussi m'écrive, mais comment pouvait-elle imaginer ce qui allait suivre ? Je pars de là.

Pour toi, j'interromps une histoire en cours d'écriture. Une autre fois où j'ai eu peur. Ce mois de juin 2016 sur l'île de Santorin où je tremble que ton père ait eu un grave accident de scooter, ne le voyant pas rentrer après un déjeuner bien arrosé, tellement bien arrosé que j'avais refusé de monter derrière lui sur le deux-roues de location, nous nous étions évidemment engueulés, j'avais décidé de prendre un taxi. Je l'attendais à l'hôtel, il n'arrivait pas. Pour ne plus penser que les minutes semblaient des heures, j'imaginais une histoire dans laquelle il avait effectivement un accident grave, tellement grave, qu'il n'y survivait pas. Je partais à sa recherche avec la police locale. J'appelais nos familles en France, je rapatriais le corps, je le pleurais, je refaisais ma vie avec un ancien amant retrouvé, je retournais sur l'île du drame avec ce nouvel amour, comme pour le faire baptiser par ton père mort, puis je tombais enfin enceinte. Toute cette histoire imaginée en un quart d'heure.

Je vais dans ta chambre pour voir si tout va bien. Tu dors encore. Je me penche sur toi. Je cherche ton souffle. Je ne l'entends pas toujours, alors je guette le mouvement de ta poitrine, ton amplitude respiratoire. D'un coup, tu te mets à respirer fort ou à bouger légèrement ton menton, ton doigt ou carrément ton poing. Comme pour me dire *Rassure toi, je vais bien.*

Une fois réveillée, dans ton lit à barreaux, tu ne pleures pas quand je sors de ta chambre. Tu n'as pas peur sans moi, sans nous. Tu n'as pas l'air de te sentir perdue, tu ne réclames pas tout de suite nos bras, tu peux patienter tranquille. Tu sais rester seule, ce qui ne dure jamais très longtemps.

Tu as quatre mois, je me retrouve obligée d'aller dézinguer dans les formes, en bonne fille bourgeoise et bien éduquée, un film biographique allemand sur ma mère. L'erreur en tout premier lieu est d'aller voir le film, de me glisser dans cette salle allouée à une projection de presse. Une fois le film vu, je ne peux me taire, faire mine de rien. Le résultat est trop mauvais.

C'est insoutenable de voir la manière dont elle est présentée. La réalisatrice allemande a choisi une des périodes les plus difficiles de la vie de ma mère. Elle est en pleine séparation d'avec mon père et ne voit plus beaucoup mon frère, David. Il en veut à notre mère de cette nouvelle rupture familiale, lui qui, dès leur rencontre, a considéré mon père comme le sien. Mon frère part vivre quelques mois chez Monique et Bernard, qui ne sont pas ses grands-parents, mais qu'il a d'emblée considérés comme tels.

Ma mère est triste et épuisée. Ça tombe bien, c'est le moment de sa cure annuelle à Quiberon, en Bretagne. Allez comprendre, pendant ce laps de temps où elle aurait dû se reposer, dormir, reprendre des forces, faire le point seule, elle laisse venir un journaliste et un photographe qui la sollicitent pour un entretien. Franchement, Maman, ta cure thermale, c'est vraiment le bon moment ?! Tout sera publié, textes et photos. Ces trois jours passés à se laisser photographier et questionner sont donc l'objet de cette bouse de « biopic » que je regarde en mordant ma main droite de rage.

Vous n'aviez que ça à faire ? Que cette période-là de sa vie à raconter ? J'ai beau chercher, je n'y vois pas de bonnes intentions cinématographiques. Oui, les producteurs m'invitent à la projection finale mais c'est dans le bureau de mon avocat et sous la surveillance du producteur allemand et de son conseil que je lis le scénario. C'est par Internet, deux ans auparavant, que j'apprends l'existence d'un film sur ma mère, « actuellement en tournage à Quiberon ».

Moi, tiraillée entre mon passé et mon présent, obligée d'aller défendre ma mère bécasse de ne pas s'être protégée, alors que je voudrais me réveiller avec toi, Anna ! Ma mère… Elle, pourtant rompue à l'exercice des photos et des interviews. Vraiment. Il est 6 heures du matin, je suis épuisée par le manque de sommeil, dans un taxi, direction la maison de la Radio pour intervenir dans la matinale de France Inter. J'ai de la chance, j'ai accès à cette audience, j'en profite. Il y a des sujets bien plus graves mais je demande la parole, ils me la donnent. Je ferai *C à vous* sur France 5 le soir même.

Je fais ce que je déteste, parler de ma mère en public. Mais elle aurait détesté ce film, qui n'aurait jamais vu le jour si elle n'était pas morte.

Certains jours, il y a des endroits où je ne peux aller, des zones à ne pas franchir. Je peux vivre normalement et même extrêmement gaiement, dans une totale légèreté. Je peux aussi être très froide quand je pense à eux. Sans affect. Sans ressenti. Sans émotions. Ou alors je pleure carrément. Il n'y a aucun entre-deux, aucune tiédeur. Eux sont les morts-vivants parmi nous. Nous sommes les vivants-morts avec eux. Ce n'est pas grave, c'est comme ça.

Je suis à un croisement. Je vais t'entendre m'appeler *Maman*, sans me rappeler l'avoir dit. Ma mère et ma fille inconnues, je suis dans l'imaginaire de vous deux.

Ma mère-grand-mère lit ce que je suis en train d'écrire, s'inquiète, « On ne pensait pas que ta mère t'avait autant manqué. Qu'est-ce qu'on a raté ? Tu as eu tant de peine ? On n'a rien vu. » Les faire culpabiliser, se poser de telles questions à leur âge, eux, jeunes nonagénaires à qui je dois tout, je m'en veux. Immédiatement, je réponds : « Non, non, Mamie rassurez-vous, vous avez tout, absolument tout bien fait. » Puis j'essaie doucement de dire qu'ils n'y peuvent rien, que je ne pouvais pas, malgré tout leur amour, échapper au manque, que les morts manquent par définition. Ils sont omniprésents.

J'ajoute « C'est toi ma mère ! » Ce n'est pas tout à fait ça mais ce n'est pas grave. C'est tout comme. Nous savons elle et moi qu'il s'agit d'une déclaration d'amour, elle doit l'entendre au plus profond, elle doit en être caressée autant que nécessaire. Ce n'est jamais trop, un jour ce ne sera plus possible. Surtout ne pas regretter de ne pas lui avoir dit, pas suffisamment.

Elle ne savait pas que j'allais m'allonger chez un psychanalyste. J'ai mis un an pour le lui dire. Elle ne comprenait pas que je ne vienne pas me confier à eux, que je préfère m'adresser à un étranger, voleur de surcroît. Il fallait les épargner, les pauvres, je ne me voyais pas leur expliquer que j'avais des épisodes dépressifs, que je me sentais immobile, engluée, pleine d'envies mais incapable de tendre vers elles. La première à scier moi-même la branche qui me soutient. Combien de fois me suis-je retrouvée au théâtre, en coulisses, cinq minutes avant de jouer, des entraves plein la tête, au moment où je devais pourtant tout oublier, donner le meilleur de moi, ne penser qu'à la liberté de jouer ? Je ne me disais qu'une chose : « Tu ne vas pas y arriver ».

Aujourd'hui, je ris toute seule de mon autosabordage systématique. Mes mouvements contradictoires continuent de me surprendre mais, à force de les décortiquer, je finis par prendre sous le bras les plus négatifs, les embrasser à pleine bouche et me donner toute seule un coup de pied au cul. Le rideau va se lever.

Mon corps exulte enfin. Je le sens tout entier vivant. Mes doigts de pied se cramponnent à la semelle de mes chaussures ou au sol lui-même (le bonheur de jouer pieds nus). Je fais bouger mes doigts au bout de mes bras, de mes mains pour les sentir dans l'air ambiant. Je suis là, vivante. J'ouvre la bouche, je propulse ma voix, je me fais entendre, je prends part, je ressens pour tous ceux qui ne le peuvent pas.

Je me souviens de l'odeur (très mauvaise en réalité) de la crème Mytosil et du goût de l'Alvityl (la formule a changé aujourd'hui), étalée et administrée le plus souvent par Nadou quand je suis enfant. Je les achète pour toi aujourd'hui, ainsi que tant d'autres produits qui heureusement sentent bien meilleur. Voilà une petite preuve que tout n'était pas « mieux avant », même si j'ai forcément souvent tendance à le penser.

Nadou, de Nadette, de Bernadette, ne veut pas que l'on parle d'elle. Ce n'est pas de la fausse pudeur, plutôt un réel désir de rester anonyme. Je n'écris donc pas son nom de famille.

Originaire de Sarlat en Dordogne, elle naît la même année que Brigitte Bardot et Sophia Loren, me précise-t-elle, parce que Nadou est cinéphile, au plus haut point. Mille films dans sa vidéothèque. Par hasard, Nadou travaillera pour deux grandes actrices, dont celle qui nous occupe ici.

C'est une inconditionnelle des mots croisés de *Télérama*, des films d'Ernst Lubitsch, d'Orson Welles, de la beauté et de la voix de Gérard Philipe.

Toi, Anna, tu écouteras dans quelques mois, comme je l'ai fait à ton âge, grâce à Nadou, les versions audio du *Petit Prince* et de *Pierre et le Loup*. Je les ai déjà téléchargées dans mon téléphone.

Au moment de l'interroger sur quelques étapes de sa vie, j'entends à l'autre bout du fil, après un léger silence : « Oh non, je ne veux pas, moi ce n'est pas intéressant, moi on s'en fiche. » Je réussis tout de même à lui extirper quelques informations. Elle monte à Paris en 1967, à vingt-trois ans, et intègre l'agence Cécile Martin, spécialisée dans le recrutement de personnel de maison, comme il est dit sur le site, l'agence existe toujours aujourd'hui.

Elle s'installe à domicile et sa chambre est celle des enfants. De tous ceux dont elle a eu la garde, je ne sais pas combien au total, les trois dernières filles, dont je fais partie, restent en contact. Sans avoir réellement bu au sein de Nadou, nous sommes sœurs de lait.

Ma mère embauche Nadou dès l'année 1975 quand elle tombe pour la première fois enceinte de mon père, quand elle refuse le film de Visconti avec Alain, après leurs vacances à Calvi. Quelques mois plus tard, un abcès dentaire provoque une fausse couche. Qu'à cela ne tienne, Nadou s'occupe de David en attendant que la prochaine tentative porte ses fruits.

Nadou porte tous les parfums de chez Guerlain presque l'un après l'autre. Jicky, L'Heure Bleue puis Shalimar se collent, tout comme moi, dans son cou. Je me souviens de sa maison de famille à Sarlat, dans laquelle elle naît et grandit, où elle m'emmène passer quelques jours, l'été, notamment avant la mort de mon frère. Les souvenirs y sont encore vivaces, la cuisine, le petit salon avec la télévision, l'escalier qui mène aux chambres, la grande armoire qui sépare les deux lits simples et enfin le jardin qui me paraît immense, comme le reste de la maison, comparé à la taille de mes trois, cinq, huit ans. Nadou est la énième sœur d'une fratrie de huit enfants, tous sarladais.

J'en connais un certain nombre pour avoir passé quelques vacances avec eux.

Cécile, qui occupe aujourd'hui la maison familiale, Marie-Jeanne, Pauline et certains de ses neveux aussi. Je ne serai pas la seule enfant qu'elle emmènera passer quelques jours avec elle là-bas. C'est dire la confiance et le lien particulier entre ces familles et cette nourrice comme on n'en fait plus. Toute sa vie dédiée aux enfants des autres, sans trouver le temps de faire sa vie à elle.

Nadou me suit chez mes grands-parents quand ma mère n'est plus là. Je gagne deux femmes à la maison pour veiller sur moi.

Une chose incroyable doit être notée ici. Ces deux femmes, mes deux mères de substitution, se connaissaient déjà. Elles ne s'en rappelaient plus, c'était il y avait bien longtemps : le père de Nadou s'appelait Gaston, il se trouve que le père de Monique s'appelle aussi Gaston. Les deux Gaston n'habitent pas les mêmes régions de France mais ils travaillent tous deux pour la Société Générale. Comme si ces deux hasards de prénom et de profession ne suffisaient pas, l'été 1945, trente-deux ans avant ma naissance, leurs filles respectives, Nadou et Monique, se rencontrent pour la première fois en colonie de vacances en Haute-Loire à Berbezit, vacances organisées par leur employeur commun.

Elles se retrouveront en 1977 autour de mon berceau. D'après ce qu'elles me racontent, c'est Cécile, la sœur de Nadou, qui, avant tout le monde, se souvient des sœurs Pierre, pour leur blondeur et leur grâce enfantine. Monique et sa petite sœur chérie, Paule, ne se quittent jamais. À croire que les choses devaient se passer ainsi.

Nadou restera près de moi jusqu'à mes huit ans. Elle arrive ensuite chez mes sœurs de lait, Jeanne et Baladine. Celle-ci, petite dernière, ultime enfant dont Nadou aura la garde avant de prendre sa retraite, a trente et un an aujourd'hui et la surnomme « Nad », ce qui me fait beaucoup rire.

Revenue à Sarlat, une fois son devoir accompli auprès de nous, sa santé s'est dégradée, sans qu'elle nous communique pour autant la nature de ses problèmes médicaux.

« Comment ça va, ma Nadou ?

— Ooooh… pas très bien, tu sais… »

La douceur de sa voix. Elle ressemble aux notes aiguës de la clé de sol, avec ce petit accent régional. Ses expressions bien à elle, son « Eh beh » que je lui pique souvent et qui veut dire « Et alors ? », employé aussi souvent que quelque chose est perdu, ne se retrouve pas, lui résiste.

« Je suis un peu K.-O… et pas cabas ! »

Ses messages laissés et conservés précieusement dans ma boîte vocale.

Une conversation téléphonique que j'enregistre dans son intégralité pour, quand elle ne sera plus là pour décrocher son téléphone, avoir accès, au besoin, à sa douceur.

Pièce maîtresse de ma vie, parmi les derniers témoins vivants, elle comble les vides de la mémoire. L'été avant qu'elle ne se calfeutre, je noircis tout un carnet de ses réponses à mes questions.

Aujourd'hui, Jeanne a deux enfants, Baladine pas encore. Nous voudrions « descendre », faire le voyage, les trois bonnes femmes et les marmots, retrouver Nadou, la prendre dans nos bras et lui présenter notre progéniture en chair et en os.

Elle nous le défend, gentiment mais fermement. Au téléphone, nous insistons : « S'il te plaît, Nadou. Pourquoi tu ne veux pas ? » Elle répond : « Non, non, s'il vous plaît, je suis trop vieille maintenant. » Elle, si coquette. À sa voix, on l'imagine sourire, gênée. C'est encore plus triste à entendre. Elle ressemblerait à Marguerite Yourcenar avec des yeux plus ouverts, des cheveux moins blancs mais plus bouclés.

On imagine bien qu'elle ne peut pas nous recevoir chez elle. Le train, l'hôtel, une voiture, tout est possible. Gilles, ton père, et le père des enfants de Jeanne, ne comprennent pas notre résignation. « Pourquoi vous n'y allez pas quand même, la surprendre, elle vous dit non mais elle serait folle de joie et si émue. » Ils insistent eux aussi. Ils connaissent notre amour pour elle. Le refus de la mettre dans l'embarras l'emporte sur tout le reste. Merde, elle aura les yeux fermés quand je la reverrai.

J'essaie de l'appeler le plus souvent possible, Jeanne aussi, même si nous nous sentons coupables de ne pas en faire assez. L'autre jour, je lui ai enfin envoyé par la poste une dizaine de photos de toi. Je ne l'avais toujours pas fait depuis ta naissance, Nadou ne veut pas que nous lui offrions un smartphone, pourtant plus commode pour pouvoir lui envoyer des photos des enfants de ses enfants. Elle redoute de ne pas savoir s'en servir. J'imprime donc les photos et envoie le tout par la poste. Je vois bien que le revers adhésif de l'enveloppe n'est pas si collant, mais je ne le renforce pas pour autant d'une bande de scotch. J'inscris au recto « ne pas plier », puis au verso mon nom, mon adresse.

Deux ou trois jours plus tard, Nadou m'appelle, l'enveloppe est arrivée vide.

Je suis catastrophée.

Elle et ton père me disent : « Pourquoi as-tu écrit ton nom au verso ? Et pourquoi pas en recommandé ? » Qu'imaginent-ils ?

Moi : « Mais enfin… ! Je ne suis pas non plus Catherine Deneuve, mon nom n'est pas à ce point reconnaissable, l'enveloppe a dû s'ouvrir d'elle-même, par hasard… ? »

Je ne voudrais pas confondre ma situation avec la tienne. Je me laisse déconcentrer par la recherche de mes propres souvenirs. Je me demande ce qu'il est intéressant que je sache, pour avancer. Je ne sais plus si j'ai posé les bonnes questions à ceux qui restent et qui vont bientôt partir, le temps presse. Ai-je besoin de toutes ces réponses pour t'élever, toi ? Je revis une époque enfouie quelque part, presque inconnue, un temps oublié par ma mémoire vive.

Les premiers mois, tout n'est qu'odorat et toucher. Les sens les plus voyageurs. Avec toi dans mes bras, je suis renvoyée à ma condition de petite fille.

Comment étais-je à ton âge ? Quel était le son de ma voix d'enfant ? Pourquoi me vient cette question si étrange ?

Je fais mine de ne pas vouloir partager mes souvenirs de petite enfance, mais je n'en ai pas ou si peu, je ne m'en souviens plus. J'en aurais presque honte. On s'en veut de ne pas se souvenir. Comme si ce n'était pas normal. Comme si je ne pouvais pas être sa fille si je ne me souvenais de rien.

« Avez-vous des souvenirs de votre mère ? » Quand on me pose cette question, j'ai l'impression que l'on me demande de décrire dans le détail les parties les plus intimes de mon anatomie. Pendant longtemps, le rouge aux joues, je répondais que je préférais les garder pour moi. Un jour, je finis par lancer : « Comment voulez-vous avoir des souvenirs avant quatre ans et demi ? »

Ce que j'ai en mémoire se résume à des flashs, à des images discontinues. Ma mère et moi, toutes les deux sur son lit, prenant le petit-déjeuner. Cette séquence, je l'ai souvent revécue, faite mienne, parce qu'elle a été immortalisée par je ne sais quel photographe. Je dois avoir trois ans à peine, c'est avant l'accident de mon frère, ma mère est là, bien vivante, gaie, nous jouons ensemble. Il y a, malgré la présence de l'intrus, peu de mise en scène. Je garde ma spontanéité d'enfant jouant avec sa mère. Je pose sans en donner l'air. Il y a eu heureusement beaucoup d'autres petits-déjeuners semblables que personne n'a photographiés, voilà pourquoi cette scène m'a toujours semblé si familière.

Je vois ce qui t'intéresse, Anna, ce qui te calme, et je sens moi-même les larmes monter quand j'écoute avec toi Julien Clerc chantant *Émilie Jolie*.

Est-ce que je pleure parce que j'ai moi-même écouté cette chanson petite, ou parce que je n'en reviens pas de te la faire écouter à toi, ma fille ? Ce n'est pas grave. Ce n'est pas parce que je ne m'en souviens plus que ces moments n'ont pas existé, la preuve, ils résonnent encore. Je vois ce qui est important, maintenant, avec toi.

Ainsi le visage de ma grand-mère, ses yeux dans les miens, brillants d'amour pour moi. Ma tête posée sur ses genoux, ses cuisses maigres sous ma joue gauche et sa main qui caresse ma joue droite. C'est comme ça, je l'ai toujours vue occuper la partie gauche du canapé. Avec l'ongle de son petit doigt cassé qui accroche légèrement ma peau.

Hier soir, je te sèche après le bain, j'ai l'impression de retrouver la sensation de la serviette sur ma peau de bébé et la chaleur d'y être emmitouflée. C'est peut-être l'eau, ma peau et ta peau nues et le contact des mains qui sèchent. Par toi, je replonge et je ressors, dans un même mouvement. Comme le *Nageur dans la mer secrète* de William Kotzwinkle, que ton père est en train de lire, Dieu sait pourquoi ? Ce court roman se termine par une non-naissance, un enfant mort-né. Inutile de préciser que je ne le lirai jamais.

1985

Nous jouons à *La petite fille que tu ne connais pas.*

Comment ce jeu arrive-t-il entre Nadou et moi, je ne le sais plus. Je suis *la petite fille*, l'instigatrice du jeu et ma nourrice est là pour me poser des questions. Nous y jouons dans le parc, dans les rues. À l'extérieur. En rentrant de l'école, en rentrant de courses, en rentrant de n'importe quelle sortie.

Je lance « On joue à la petite fille que tu ne connais pas ? » Le sésame. Nadou rit de son rire doux et haut perché, le jeu démarre. Sans doute râle-t-elle un peu, je veux y jouer souvent, elle n'a pas toujours l'énergie ni la tête à ça, mais ne me refuse presque rien. Alors que je marchais à côté de ma partenaire de jeu, je m'avance de quelques pas, pour nous désunir et nous rendre inconnues l'une pour l'autre.

Ses « Excusez-moi mademoiselle » enclenchent la partie. Je me retourne, après avoir, pendant quelques secondes, fait mine de ne rien entendre.

« Qu'est-ce que vous faites ici ?

D'où venez-vous ?

Où allez-vous ?

Que faites-vous dans la vie ? »

Je réponds aux questions. Même si dans l'intitulé du jeu il y a « petite fille », je joue à être adulte, évidemment. Ou suffisamment grande pour marcher seule dans la rue.

Des libertés, des responsabilités, le temps de quelques minutes. Des choses de grandes personnes à accomplir. Inventer une vie et s'y croire.

J'attendrai avant de te dire que j'ai souvent voulu te prendre sous le bras et partir au bout du monde. Que l'idée m'a traversée de ne pas t'inscrire à la crèche. De te garder avec moi jusqu'à ton entrée obligatoire en maternelle, de te faire les premières années d'école. Te garder pour moi seule. M'enfermer avec toi. Comme j'aurais voulu le faire avec ma mère et maintenant avec ma grand-mère, jusqu'à la fin.

T'avaler toute crue.

Je suis tantôt ta mère, tantôt ton enfant. Je voudrais être toi, petite à nouveau.

Je redeviens la petite fille qui veut courir dans les bras maternels. Alors même que je dois être adulte, je surprends chez moi des besoins d'enfant. Comme toi, je voudrais avoir ma mère en permanence avec moi. Je te jalouserais presque. J'appelle ma grand-mère aussitôt. Elle est là, nuit et jour. Je voudrais m'installer chez elle. Aller vivre chez mes grands-parents. En profiter jusqu'au bout, le temps presse. Je veux lui dire, déjà, à quel point elle me manquera. Elle me caresse : « Il ne faudra pas que tu pleures, ma chérie, tu te souviendras de tous les bons moments vécus, de tout l'amour. » Je lui réponds : « Bien sûr, Mamie », en serrant dans mes mains ses omoplates saillantes, à fleur de peau.

Je fléchis légèrement mes genoux pour être à sa hauteur, ma bouche sur sa joue, mon nez dans son cou. Je ferme les yeux, je mémorise son corps, la texture de sa peau. Son parfum Jean-Louis Scherrer.

C'est étrange de se dire au revoir alors que tout le monde est encore en vie. C'est une seconde nature chez nous. Prévoir le pire, dire les choses avant qu'il ne soit trop tard.

Je confonds mes besoins et les tiens, ma fille. Tu vas garder ta mère, ton frère (et si ça ne se passe pas ainsi, tu y arriveras quand même). Je m'occupe de toi comme si tu étais moi, parce que j'ai tant l'impression de savoir ce dont tu as besoin. Comme si tu allais me perdre. Comment puis-je être à ce point submergée ? Je veux rendre tout ce que j'ai reçu et qui m'a permis d'arriver jusqu'à toi.

Ça n'ira pas, ce sera trop. Je vais apprendre à mesurer, à t'écouter. Les choses vont rentrer dans l'ordre. Je caresse ton front, la naissance de tes cheveux, comme mon père l'a fait avec moi. Aujourd'hui, je m'agenouille devant toi debout, je dis ton prénom pour attirer ton attention, que le temps s'arrête, je te regarde droit dans les yeux. Je murmure. Je prends tes joues dans mes mains. Rassure-toi, je te relâche, tu repars jouer. Tout cela ne dure qu'un instant, trois secondes tout au plus. Beaucoup plus rapide que le temps qu'il me faut pour trouver les mots justes et mettre au clair ce que je ressens à ce moment-là.

Toi qui joues simplement avec le cordon de la capuche de mon sweat, tu sais déjà quel genre de mère je suis, je le vois bien. À ma façon de t'embrasser, de te regarder, de t'attraper, tu sens déjà que j'en fais trop, tu as compris. Tu me repousses. Je t'obéis, j'essaie de me calmer. Je t'embrasse non seulement par plaisir mais aussi par peur que cela ne s'arrête, brusquement. Comme si c'était la dernière fois. Ça fait mal d'aimer à ce point. C'est un amour craintif. Il faudrait arrêter d'avoir peur. Cet amour-là est juste un peu plus fort que les autres. C'est tout.

Je sens mon corps épuisé. La moindre douleur me renvoie à mon âge, à ma condition physique et à l'impératif de rester « en bonne santé ». Optimiser mes capacités, pour toi. T'accompagner le plus longtemps possible, au besoin.

Je suis tendue. Je ne me sens pas à la hauteur. La responsabilité infinie me fait peur. J'ai l'impression de mal faire. Je perds patience pour un rien. Un repas que tu refuses, une tâche dont je ne viendrais pas à bout. Te couvrir, que tu ne prennes pas froid, les vitamines qu'il te faut ingérer. La moindre égratignure est source d'inquiétude. Je sens les risques qu'entraîne mon amour angoissé : te surprotéger, t'étouffer. La peur me rend agressive. Mes nerfs, dont vous êtes, ton père et toi, les premières victimes. Il y a des jours avec la confiance. Il y a des jours sans. Monique me raconte que toute sa vie elle s'est imposée de faire les choses d'une certaine façon. Accomplir les tâches quotidiennes dans un ordre précis, que tout soit impeccable. Quelle époque pour ces femmes au foyer des années 1950-1960, sans aucun appareil électrique pour les soulager. J'ai l'interdiction de me plaindre. Elle m'avoue à quel point elle s'est imposé une rigueur quotidienne. Elle me répète de me détendre, il y a des choses imprévues à nettoyer ? Ce n'est pas bien grave. Elle le réalise avec les années. Elle me fait gagner du temps.

Elle me raconte, encore émue, un épisode de sa vie de jeune mère, haussant plus que de raison la voix sur son cadet Charly, parce qu'il ne venait pas à bout d'une soustraction peut-être, ou tout autre problème mathématique. Les oreilles de ma grand-mère sont encore pleines de la voix douce et suppliante de son jeune fils : « Ne crie pas, s'il te plaît, Maman. »

Aujourd'hui, c'est elle qui m'enjoint de ne pas m'énerver avec toi. Je chéris sa parole. Avec un enfant, il faudrait penser à tout et à rien à la fois. Quelle importance si tu portes la même salopette toute la semaine ? Je mélange tout. Je ne me repose vraiment que lorsque tu passes quelques jours chez Monique et Bernard. Il peut m'arriver d'oublier, pendant plusieurs minutes, peut-être une heure, que je suis mère. Je suis bien amusée de m'en souvenir soudain. De me dire *Tiens, je n'y pensais plus, j'étais ailleurs*.

Cela m'arrive heureusement de plus en plus souvent.

Pendant quelques secondes, je joue avec La Peur. J'imagine ta mort. Nous dormons toutes les deux, chacune dans sa chambre.

Comme d'habitude, je me lève avant toi, et, pendant les quelques minutes qui séparent mon éveil du tien, je fais vivre le soupçon d'une chose anormale. Et si tu ne respirais plus alors que je t'imagine paisiblement endormie ? Pourtant, je ne me lève pas pour aller voir et me rassurer. J'imagine la découverte de ton corps sans air, minuscule et bientôt froid. J'entends le cri qui jaillirait de mon ventre, ou bien ma propre asphyxie. Je vais jusqu'à imaginer le reste de mon existence si tu disparaissais.

Après toi, où irais-je si je restais en vie ?

Un soir, nous l'évoquons brièvement avec ton père, au milieu d'une conversation ordinaire. Je lui expose mon plan, si l'horreur se produisait, de me retirer du monde, sur une île perdue au large de je ne sais quel continent. Lui, tout en concevant son extrême difficulté, émet l'idée que nous devrions rester ensemble, que notre couple pourrait survivre à ce drame. Mais cette folie ne dure pas longtemps et nous retournons vite à nos carottes et à nos poireaux. Nous étions dans la cuisine.

Pour comprendre, mieux faire, je dois mettre au propre. M'empêcher d'avoir peur. Comment ne pas penser que les accidents, les morts prématurées arrivent, puisqu'ils existent déjà dans ma vie ? Comment ne pas paniquer, comment se convaincre que ça ne se reproduira plus ?

J'implore déjà ton indulgence. Pour avoir des rapports agréables avec ses parents, il faut les comprendre, voir par quoi ils sont passés. Je le répète, je ne peux pas faire autrement. Je suis cernée de toutes parts. J'ai peur de ma mort et de la tienne. Qu'il t'arrive quelque chose, une maladie que je n'aurais pas su prévenir, un virus que je n'aurais pas su t'éviter. Je n'ai pas peur que ma vie s'arrête. J'ai peur de t'imaginer sans moi. Pourtant j'ai survécu, tu pourrais y arriver.

Ça va être gai.

Si je ne pense pas à cette chose irréversible, c'est au moins à du sang partout, sur ton visage, une de tes dents ébréchée, ta lèvre fendue, ton épaule luxée, ta jambe cassée. J'aurai beau faire, cela t'arrivera de toute façon. Je ne peux pas te mettre sous cloche. Si je le faisais, c'est moi que l'on devrait enfermer. Tu tomberas, tu te couperas, tu te brûleras des dizaines de fois, comme tous les enfants.

Je te le dis, tu n'auras jamais de scooter (il n'y a pas de raison, je n'en ai pas eu non plus). J'aimanterai une balise GPS sous ta voiture pour te suivre partout, je pisterai ton téléphone portable, je glisserai une puce sous ta peau. Tu vas me détester. Je vais y laisser la mienne, de peau. Qu'en sera-t-il des tatouages et des piercings ? Des substances illicites ? Les uns pourront aller sans les autres. Je n'en ai pas fini.

Il va falloir que je me calme une fois pour toutes. Si je continue comme ça, c'est moi qui vais mourir, je meurs déjà de peur pour toi. Ton père est là. Il me regarde, halluciné.

Extérieurement, je pense donner l'impression d'être normale, presque détachée. Je joue à la mère blasée, qui n'en peut plus de sa progéniture. Intérieurement, je vais et viens de l'un à l'autre des extrêmes, terrifiée et fascinée. Je me retiens de t'embrasser, je me retiens de crier, de peur que tu ne chutes.

Samedi 26 mai 2018

Je rentre de chez tes arrière-grands-parents. Le chauffeur de mon taxi a manifestement passé une mauvaise journée : grève, chaleur, tensions sur la route, accidents. La mauvaise circulation sur le périphérique n'aide pas. Nous prenons la sortie Porte d'Aubervilliers puisque la porte de la Chapelle est fermée. Nous rejoignons finalement, par les petites rues, le boulevard de la Chapelle. Déjà une demi-heure dans la voiture et trente-neuf euros au compteur (commande du taxi et tarif de nuit, j'imagine). Il est autour de 20 heures. Tout d'un coup, la rue est bloquée par un attroupement de gens sur la chaussée. Tu es dans ton siège auto, peinarde, à dormir. Le chauffeur et moi, nous ne comprenons pas tout de suite ce qu'il se passe. Les gens au milieu de la rue regardent tous un immeuble qui se trouve sur notre droite. Je suis leurs yeux, et les miens tombent sur un balcon au quatrième étage.

Un bébé, plutôt non, un enfant. Il est plus grand que toi, ça j'arrive à le voir. Je crie au chauffeur : « Il y a un bébé ! Un bébé ! » Le petit garçon est accroché à la rambarde du balcon, il a les pieds dans le vide, un homme grimpe à la façade de l'immeuble, depuis le trottoir où la foule s'est assemblée, je vois son ascension du troisième vers le quatrième balcon, jusqu'au petit garçon qui a tenu bon. Nous assistons au sauvetage en direct.

Le chauffeur de taxi et moi restons stupéfiés. En bas, tout le monde applaudit. Le chauffeur me racontait quelques minutes plus tôt combien il avait hâte de rentrer chez lui, retrouver ses enfants. À notre tour, nous arrivons à la maison, j'appelle mes grands-parents pour leur dire que nous sommes bien rentrées. C'est un réflexe de se rassurer entre nous, dès que nous nous déplaçons.

Le soir même, je cherche sur Internet des détails de ce qui m'a semblé être une hallucination. Persuadée que maintenant, tout est visible instantanément, grâce aux réseaux sociaux. Il faudra attendre vingt-quatre heures pour que ce sauvetage devienne viral.

Plusieurs pétitions apparaissent en ligne pour réclamer la régularisation de Mamoudou Gassama, jeune Malien de vingt-deux ans sans-papiers.

Depuis que tu es arrivée, j'ai l'impression de voir des enfants partout. En danger, les enfants, sinon ce n'est pas drôle.

Ce matin, tu tombes de la table à langer. Je ne suis pas dans la pièce, ton père te change. J'entends un bruit anormal et je me précipite vers vous. Tu es déjà dans ses bras quand j'arrive, consolée, apaisée. Ton père m'explique qu'il a fallu deux secondes, le temps pour lui de se baisser et rattraper un lange, pour que tu roules sur toi-même, atterrisses à moitié sur son dos puis sur le parquet, plus de peur que de mal. J'imagine la scène en l'écoutant. Le bruit sourd, mat, résonne dans mes oreilles. Je voudrais t'arracher à ses bras, dans lesquels tu as l'air si bien, persuadée, dans ma démesure, d'être la seule à pouvoir te soulager. Je me retiens heureusement mais je pars me frapper le visage dans le couloir. Me donner des claques pour que tu ne sois pas la seule à avoir mal, avoir plus mal que toi, t'enlever immédiatement la douleur, alors que tu ne pleures déjà plus. Parce que je m'en veux de n'avoir pas su t'éviter cette chute. Ton père est déjà malheureux. Il y aura tellement d'autres bosses, mais je vais jusque-là.

À travers ta douleur, c'est la mienne que j'entends. J'ai l'impression que tu souffres plus que moi. Il n'en est rien. Je hurle, pas toi. Toi, tu découvres le monde. Moi, je le vis une deuxième fois. J'ai peur pour la deuxième fois.

Ton premier été est joyeux et chaud. Les accessoires principaux de nos journées : ton petit bob blanc, et une bombe d'eau thermale que ton frère tient contre lui à l'arrière, près de toi, pendant nos trajets en voiture.

Nous calculons le côté où le soleil va frapper, pour sangler ton siège auto. Des bouts de tissu ou autres paréos sont coincés aux fenêtres.

Pendant cet été, je n'écris pas. Les journées passent, c'est le temps de la famille, des activités pour les enfants. La Coupe du monde.

Tu sens la pêche. Tu sens tous les fruits de l'été. Les pâtes au beurre aussi.

Une fois, une seule fois je crois, vers l'âge de quinze ans, je rêve qu'ils sont vivants. Qu'ils l'ont toujours été. Ma mère et mon frère sont juste enfermés depuis tout ce temps, invisibles. Ils sortent, je les vois ! *Mais pourquoi étiez-vous cachés ?* Dans mon rêve, ils me répondent mais je ne sais plus ce qu'ils me disent. Je crois qu'il n'y a pas d'explication précise. Ce n'est pas encore l'époque où je note mes rêves. J'ai du mal à m'en souvenir. À l'intérieur de cette illusion, je ressens soulagement et colère. Je me réveille presque aussitôt après. C'est un rêve du matin. Je mets deux secondes à émerger et à retrouver la réalité. La première seconde, je pense que tout est vrai. Je suis, certes, dans mon lit mais c'est normal, je viens de les quitter et je vais les retrouver. Cette première seconde me semble heureusement longue.

La dernière seconde, je comprends que ce que je viens de vivre est impossible.

On m'aurait envoyé une gifle monumentale, je n'aurais pas eu plus mal.

Fin de ta première semaine d'adaptation à la crèche. Tu es un poisson dans l'eau. Dans cette période transitoire, ce sont généralement les parents qui souffrent le plus. Pour toi, tout va bien, la preuve en est ta fossette sur la joue droite, qui ajoute la malice à ton bonheur apparent. Tu ne sais plus où donner de la tête. Des obstacles, des jouets partout. Tu découvres la troisième dimension. Tu dors beaucoup. Je mémorise les prénoms des auxiliaires de puériculture. Je prends en photo le trombinoscope à l'accueil, je n'ai pas la mémoire des noms, c'est un vrai problème chez moi. Là, comme par magie, chaque matin je salue Patricia, Florence, Carol, Lorène. Je fais un effort, je veux qu'elles s'occupent bien de toi, qu'elles t'adorent.

Le lendemain, nous dînons chez des amis. Nous ne voulions pas y aller, mais nous changeons d'avis, la soirée est bonne et nous aimons retourner à l'intérieur de ce cercle. Amis intimes de ton père qui sont devenus les miens presque aussitôt. Émilie est là aussi, enceinte de huit mois. Première femme enceinte depuis moi, parmi ces amis, parmi nous.

Elle n'habite pas Paris, je la vois moins et la connais donc moins. Ce soir-là, je suis la dernière à avoir vécu ce qu'elle s'apprête à vivre. Je me garde bien de tout conseil, c'est insupportable d'en prodiguer quand on ne vous en demande aucun, et pourquoi, sous quel prétexte, je lui ferais part, moi, de ma toute neuve expérience, alors que tous nos amis présents ce soir-là sont parents eux aussi, et depuis bien plus longtemps que moi. C'est vrai, ils ont oublié, pour moi c'est plus récent. Je lui parle seulement de ton frein de langue coupé trop tard, au cas où elle désirerait tenter l'allaitement et le trouverait difficile à supporter. Je la rassure justement sur le fait que je ne la saoulerai pas avec ma maternité, qu'elle doit s'écouter, se faire confiance, elle fera ça très bien, c'est elle la mère. À mon tour, et je n'en reviens pas, je peux dire : « Profites-en, ça passe trop vite. »

Aujourd'hui, je m'accroche au maintien de notre équilibre singulier, de cette nouvelle famille. Gilles et moi sommes épuisés. Nous tenons dans nos mains ce qui fait de nous un couple, les épreuves traversées, les rires, les cris, les étreintes, les claquements de portes. Notre histoire. Nous, fascinés par le fruit de cette histoire, la tienne. Celle qui t'intéresse vraiment, l'histoire de tes parents.

Avec ton père, on se bat l'un contre l'autre et chacun contre nos propres manques, nos frustrations, nos rêves de grandeur. De son côté, il n'a pas le même genre de famille que la mienne. Si les miens en font trop, les siens ne savent pas toujours comment se parler, comment s'aimer, comment se le dire. Gilles veut être un père différent du sien. Parfois, je baisse les bras. Lui aussi. Nos efforts mutuels sont pourtant remarquables. Tu les sens autant que nous. Au-delà de nos colères respectives, nous voulons la réussite de cette entreprise familiale. Magnifique quadrilatère riche de rebondissements. Mes peurs ne sont pas les siennes et ne pourront jamais l'être.

Il essaiera d'accepter mes angoisses viscérales, instinctives et les réactions grégaires, violentes, qui vont avec. Il ne peut pas lutter contre les épouvantes de cette histoire.

Le temps d'une secousse, je ne pense pas normalement. J'envie ton père, quand vous êtes ensemble. Je voudrais que tu ne sois qu'à moi, que tu n'aies besoin que de moi, je voudrais être la seule vers qui tu te tournes. Je l'écris pour ne surtout pas le faire. Que ces pensées ne sortent pas de ces feuilles, qu'elles ne s'incarnent, ne se concrétisent jamais. Je les écris pour les enfermer. Pour me rendre compte de leur absurdité. La peur n'existe qu'ici, noir sur blanc. Ailleurs, elle ne se mentionne ni ne se voit. Est-ce que je pleure mon passé parce que mon présent avec ton père est difficile ?

Ces pages en main, il me lance : « Bravo, dans ton livre, j'ai l'air d'un alcoolique à Santorin et nous au bord de la séparation. » J'éclate de rire. Il me suit.

Nous passons quelques jours chez mes grands-parents pour Noël.

Monique, toi et moi sur le canapé. C'est l'après-midi, la sieste est terminée, tu te réveilles tranquillement sur mes genoux. La télécommande en main, Mamie fait le tour des chaînes de télé. *Sissi impératrice* passe dans le poste. Moi : « Attends, attends ! » Mamie : « Oh oui, c'est ta mère ! » Nous deux, en chœur : « Regarde, Anna ! C'est Mamie, c'est Mamie ma chérie ! » Toi : « Mamie ? »

Tu n'y comprends plus rien, tu ne sais plus qui regarder, Mamie Monique ou la télé. Gabriela, ma belle-mère, est aussi ta « Mamie ». Qui est donc cette autre femme ? Je ne t'ai rien expliqué. J'ai l'impression qu'il est encore tôt pour le faire. Peux-tu intégrer les identités de chacune de ces femmes ? Je ne me vois pas encore m'asseoir avec toi, les photos de ma mère, de David dans les mains, à te dire qui est qui, te dire leurs noms et leurs places dans la famille. Et si tu me demandais, comme tu le fais déjà pour chaque personne que tu connais, « ils sont où ? », que pourrais-je bien te répondre ?

J'aime Sinatra depuis toujours. Du plus loin que je me souvienne. Je me revois adolescente, mon père au volant, sur les quais rive droite, la tour Eiffel en ligne de mire. Ces petits moments que l'on se rappelle parfaitement pour un détail, un lieu, une odeur, une couleur, un son.

Nous profitons du paysage, vitesse tranquille, nous adorons, lui et moi, écouter de la musique en voiture. À un bon volume. Le crooner passe à la radio. Je chante par-dessus avec bonheur et mon père me dit quelque chose que j'ignorais :

« C'est curieux que tu aimes Sinatra, ta mère aussi l'aimait beaucoup. »

Je ne le savais pas. J'entends cette remarque pour la première fois. Où va se nicher la transmission ? Tu me diras, qui n'aime pas Sinatra ?

Mon père fume dans la voiture. Je le regarde conduire. Il se dégage de lui une beauté et une assurance que j'ai toujours admirées. Ses mains sur le volant, posées à la manière des pilotes de course. Ils gagnent, son petit frère et lui, le Paris-Dakar en 1981, catégorie Range-Rover. À la suite de cette victoire, on lui proposera d'intégrer une écurie automobile. Encore aujourd'hui, il regrette d'avoir refusé.

Ses mains toujours sur le volant et cette chevalière à son auriculaire droit (perdue le temps de quelques minutes, un été, dans le sable de la Méditerranée, j'avais vu mon père blêmir) offerte par ma mère, qui la tenait elle-même de son père. Une pierre ensanglantée, vert bouteille tachée de rouge, en écrivant « ensanglantée » je pourrais pousser le vice jusqu'à y voir une prémonition, j'entends d'ici mon père éclater de rire, faisant tomber sa tête dans ses mains, un air de dire *Vraiment, ma fille !...*

Gravées sur la pierre, les initiales de mon grand-père maternel, auxquelles ma mère ajoutera les lettres D et R. Pour Daniel et Romy (j'aurai écrit au moins son prénom).

Et mon père de me dire, aussi souvent que nous regardons cette bague ensemble,

« Elle est pour toi, tu sais.

— Oui, je sais, Papa. »

1990

Je grandis bien. J'ai pour fidèle compagnon mon Walkman jaune amphibie qui claque à la fermeture. Je suis gaie mais sans passions particulières. Je rêve ma vie, des écouteurs sur les oreilles. Michael Jackson, *Off the Wall*. Je ne sais pas qui je veux devenir. *Thriller* et *Bad*.

Rien n'a d'importance pour moi. Madonna, *Like a Virgin*. Je procrastine. Prince, *Purple Rain*. Je fais tout à la dernière minute. Elton John, *double best of*. Je refuse toute obligation. Eric Clapton, *Unplugged*. Avec un peu de travail, je serais bonne élève. Derek and the Dominos, *Bell Bottom Blues*.

Pourquoi ma paresse l'emporte-t-elle bien souvent ? Je me pose encore la question. Cindy Lauper, *True Colors*. Je n'aime pas l'effort, tout ce qui coûte. Rod Stewart, *Maggie May*. Je m'en sors mais « peut mieux faire ». Queen, *Bicycle Race*. Je suis d'une lenteur. Peter Gabriel, *Secret World Tour*. Tout me prend un temps fou. Alain Bashung, *Bijou Bijou*. La moindre décision, la moindre échéance accentue mon inertie. Dire Straits, *Sultans of Swing*. Je le vis bien.

J'ai juste un petit problème avec la danse. Aerosmith, *Amazing*. À l'intérieur de ma chambre, de la maison familiale, tout va bien. Whitney Houston, *So Emotional*. À l'extérieur, je reste au bord de la piste. Julien Clerc, *Partir*. Je ne suis pas le mouvement. Phil Collins, *Separate Lives*. Ce n'est pas un problème de coordination des membres. Pretenders, *Brass in Pocket*, *Don't Get Me Wrong*, *Message of Love* (tout, en fait). J'ai le sens du rythme ou l'oreille musicale. Pearl Jam, *Alive*. Il me manque l'audace des mouvements. Lenny Kravitz, *Let Love Rule*. Je n'ondule pas jusqu'au bout, comme certaines de mes camarades que j'observe dans les booms, fascinée. The Police, *Synchronicity II*.

Pourquoi mon bras ne se lève-t-il pas plus haut, ma jambe plus à gauche, ou pourquoi mon cou ne s'assouplit-il pas, pour laisser partir ma tête ?

Je suis raide, fixée au sol. Je ne m'envole pas.

L'entourage familial m'encourage, me loue, me félicite jusque dans mes éternuements, rien n'y fait.

Le problème s'accentue avec l'âge, ton père qualifie justement mon pas de « bord de piste ». C'est comme pour l'apprentissage d'une langue étrangère, si l'on ne commence pas rapidement, c'est plus dur en vieillissant.

Quelque chose en moi résiste, ne veut pas bouger. Dis-moi comment tu danses et je te dirai qui tu es. Sans bouger, je veux des mouvements, des rencontres. Je rêve sans m'en donner les moyens. J'admire la vitrine du magasin mais je n'y entre pas.

Pour l'instant, j'ai dix, douze, quinze ans et je danse, je chante, tout ce que je peux. Dans ma discothèque de chambre. Dans la salle de bains, au sol, j'installe un gros radio K7. Je récupère les bandes audio de mon père et de mon oncle. Des albums entiers ou des mix de chansons enregistrées sur cassettes vierges. Je danse debout dans la baignoire. J'écoute en boucle et en particulier une cassette faite maison avec les Doobie Brothers, *What a Fool Believes* et son intro au piano, enchaîne avec U2, *Where the Streets Have No Name* et son intro à la guitare. Suivie par Michael McDonald, *Playin' by the Rules*.

Aujourd'hui, quand nous sommes seules, je danse pour toi, Anna. Aujourd'hui, devant toi, je suis la fille spirituelle de Ginger Rogers et la cousine germaine de Beyoncé.

Aujourd'hui soyons honnête, tu bouges déjà mieux que moi.

2019

Je suis en larmes en découvrant *Life in 12 Bars*, le documentaire sur la vie du guitariste anglais Eric Clapton. Vers l'âge de dix ans, grâce à mon père, j'écoute inlassablement sa musique et tombe immédiatement amoureuse de lui. Le charme incarné à toutes les époques, avec ou sans barbe ou lunettes de vue.

J'avais déjà entendu parler de cet accident dans sa vie. Son premier enfant, un petit garçon alors âgé de cinq ou six ans, chute du balcon de leur appartement new-yorkais, situé au-delà du vingtième étage. Je découvre, dans le film, des images de ce fils encore vivant, en mouvement, si beau lui aussi, si blond. Filmé par ses parents. Je vois mon frère dans tous les enfants blonds qui meurent brutalement.

Mon père voit ce même documentaire quelques mois plus tard. Lui aussi l'a adoré. Il m'en parle au détour d'une recommandation. Je me trouve le temps d'un week-end avec toi à Nice, dans un appartement avec un grand balcon. Mon père et moi, nous nous appelons en FaceTime, il veut te voir. Tu es sur le balcon avec moi mais tu t'agrippes à la rambarde et commences à lever une jambe. Tu es comme ça, tu veux grimper partout, comme tous les enfants. Je ne sais pas si, comme moi, il a pensé à mon frère. Sans doute. Nous n'en avons pas parlé.

Dans la mort, on ne vieillit pas. Je vais bientôt dépasser l'âge de ma mère. J'ai aisément dépassé celui de mon pauvre frère. Je ne peux plus me lover dans ma place de petite sœur protégée. Maintenant c'est moi l'aînée. Je ne sais pas comment te raconter cette partie de l'histoire. Tu ne devrais pas être confrontée à ce risque-là de la vie. Comment t'expliquer la cruauté ?

Dire simplement que les accidents arrivent et qu'ils le font justement sans raisons apparentes. Quand tu me demanderas *Pourquoi ?* je n'aurai aucune explication à te donner. J'espère surtout que je ne pleurerai pas comme il m'en vient maintenant l'envie.

Je ne voulais pas en parler. Je ne voulais pas écrire sur mon frère. Parce que c'est la pire chose que nous ayons vécue. Dire qu'il adorait les Bee Gees et qu'il mettait du ketchup à peu près partout, jusque dans ses yaourts. Qu'il s'amusait à me ligoter de ses ceintures de cuir aux boucles de cow-boy (à la mode dans les années 1980) et me lançait, en quittant la pièce, qu'il viendrait me détacher quand les dessins animés seraient terminés (qui les regardait, lui ou moi ?). La famille, Nadou incluse, m'a tellement raconté ces anecdotes qu'elles sont devenues mes propres souvenirs.

174

Toujours grâce à l'œil de Charly le photographe, les quarante ans de ma mère à Ramatuelle deviennent pour toujours des planches-contacts en noir et blanc sur lesquelles je vois, seconde par seconde, David, danser et chanter, un micro à la main, sur, je présume, *Stayin' Alive*.

Voir son nom écrit ailleurs que sur une tombe ou sur un cahier d'école que Monique a heureusement conservé. *David Biasini*, lui qui aimait mon père au point de vouloir porter son nom. Voir son écriture de jeune garçon. Voir mon frère dans tous les hommes beaux et toujours blonds, à l'âge qu'il aurait dû atteindre aujourd'hui. Comment aurait-il vieilli ? Quel métier aurait-il choisi ? Quelles discussions aurions-nous eues ?

Dieu soit loué, Anna, ton frère à toi est brun. Je te vois aujourd'hui aux anges, en joie, de le retrouver, lever tes yeux vers lui, sans rater le moindre de ses gestes, et l'imiter.

Je constate que, déjà à ton âge, à peine plus d'un an, tu as une mémoire, puisque tu le fêtes et le serres contre toi, alors que tu ne l'as pas vu depuis presque dix jours. J'avais donc une mémoire moi aussi. Où est-elle partie ? Repenser à ne plus me voir dans ma fille. Penser à ne plus imaginer mes relations avec ma mère et mon frère quand j'avais ton âge. Hier soir, ce merveilleux petit garçon, parfait grand frère bien vivant pour toi, se réjouit devant moi de t'aider dans l'apprentissage de la lecture et de l'écriture.

Il s'enquiert de votre différence d'âge. « Quand Anna sera au CP, j'aurai quel âge ? »

2011

Je joue dans une belle adaptation de *Lettre d'une inconnue* de Stefan Zweig par Michael Stampe, mise en scène par Christophe Lidon. La fascination d'une jeune fille pour un homme qui ne regarde pas cette petite voisine de palier. Elle le suit, l'épie pendant des années. Il ne la reconnaît pas. Devenue femme, elle réussit à passer une nuit avec lui, sans lui dire qui elle est. Il retourne à sa vie d'homme libre. Un fils naît de cette seule nuit. L'homme a oublié la femme, ne sait pas qu'il est père. Ce fils meurt d'une maladie infantile. La femme décide de sa propre disparition mais avant de passer à l'acte, elle écrit à l'homme, lui raconte toute sa vie de jeune fille, de femme, de jeune mère, tout entière tournée vers lui.

Les premières phrases de l'adaptation de cette longue lettre sont implacables : « Mon enfant est mort hier. »

J'ai peur de prononcer ces mots, de me mettre à la place de ma mère. Trop proche, trop évident. Si je ne pense qu'à elle, je n'arriverai pas à dire le reste du texte. Je rechigne. Je cherche ailleurs.

Quelques jours plus tard, j'achète *Libération*. Pourquoi ce jour-là ? Machinalement, je renverse l'ensemble des pages pour savoir qui est le portrait du jour. Michel Rostain, metteur en scène d'opéra et directeur de la scène nationale de Quimper de 1995 à 2008. Je ne le connais pas. On l'interroge à l'occasion de la sortie de son livre intitulé *Le Fils* pour lequel il vient d'obtenir le Goncourt du premier roman. Son fils unique âgé de vingt et un ans est mort brutalement d'une méningite. Je rentre dans la première librairie. Le narrateur prend la voix du fils, le père se met à la place de son enfant. Je lis la douleur de quelqu'un d'autre que ma mère.

Nous passons la semaine pascale dans le village bleu des montagnes marocaines. Nous y retrouvons Dolorès, Dolo, fervente expatriée espagnole. Elle est grand-mère. Elle adore les enfants. J'ai vu Dolo pour la dernière fois il y a presque deux ans, jour pour jour. J'étais enceinte sans le savoir encore. Je la retrouve avec toi dans mes bras, mon bonheur est évident à ses yeux.

Un soir, alors que nous sommes seules, je lui confie brièvement mes angoisses irraisonnées sur la possibilité de ta mort et de la mienne. Je lui fais répéter sa réaction pour la retranscrire ici en toute fidélité :

« Tu ne dois pas avoir peur, la vie t'a déjà appris tout ça. Tu es vaccinée.

« La vie t'amène des histoires nouvelles, pas des histoires anciennes. Elle te surprend et ne t'amène jamais ce que tu attends. »

29 ou 30 mai 1982

Je ne pleure pas. Je ne dis rien. Je reste devant lui, sans bouger. Je donne l'air de ne pas écouter ce que mon père est en train de me dire. Ou d'une seule oreille. Je comprends ce qui arrive mais ne veux pas l'entendre. Je fais comme si ce n'était pas tragique. Pour eux, je me figure peut-être un voyage vers un pays lointain, inaccessible ? Je regarde vers le ciel ? Je ne sais plus. Je me souviens de mon père, à genoux devant moi, dans la partie du jardin où il y a du gravier. Deux voitures dans le jardin, devant la maison. Nous, entre les voitures et la maison.

Je regarde mon père seulement quand lui ne me regarde pas. J'ai peur de le voir pleurer. Je suis rassurée, il ne pleure pas. Je revois son visage tout près du mien, à ma hauteur d'enfant de quatre ans et demi, ses yeux baissés. Lui non plus n'ose pas me regarder.

Il reste humble devant la tragédie. Il réunit ses dernières forces pour me sourire doucement, comme pour me dire *Maintenant c'est comme ça mon Amour, on ne peut rien y faire.* Sourire doucement pour s'empêcher lui-même de pleurer. Ne pas risquer de rendre les choses encore plus tristes. Elles le sont déjà bien assez. Il est disponible en revanche à toutes mes réactions. Je le vois bien, il s'est préparé. Il est fort, mon père. Nous nous retenons, ensemble. Il faut nous protéger l'un l'autre. Chacun se prépare au chagrin et personne ne se laisse aller.

Monique et Bernard, Charly, Nadou nous attendent à l'intérieur de la maison mais, pour l'instant, nous ne sommes plus que deux, seuls au monde.

Au bout d'un moment, je m'éloigne légèrement, je veux rester jouer dans le jardin. Est-ce que j'y suis déjà quand il décide de m'annoncer la nouvelle ou est-ce que c'est lui qui m'emmène hors de la maison, je ne sais plus. Quelle expression sur le visage de mon père quand j'ai détourné les yeux ? Lui qui vient de m'annoncer la mort de ma mère.

2018

Je peine à me rappeler. Est-ce que ce souvenir dans le jardin est réel ? Cette version est-elle partagée par tous ceux qui étaient présents ? Je ne confronte pas mon père à mon souvenir. Avons-nous le même ? Je n'avais jamais repensé à ce premier épisode avant aujourd'hui. C'est ainsi que je me le remémore. Trente-six ans après.

« Maman est partie rejoindre David. » Voilà ce qu'il me dit. Aujourd'hui encore, il ne dit pas « morts » mais « partis ».

Entre nous, en famille, nous continuons nous aussi d'employer l'expression « ils sont partis », pour nous soutenir les uns les autres, nous caresser un peu, atténuer la douleur. Mais sans y penser, naturellement, sans niaiserie ni sentimentalisme. C'est plus joli à nos oreilles, moins définitif. Si le mot est prononcé, il est murmuré, le volume de la voix baisse nettement, fléchit, comme un genou à terre. Humblement. On en parle doucement comme si nous étions tous des enfants à protéger. Il faut faire attention aux enfants. Ne pas s'apitoyer, bien sûr, il y a toujours plus malheureux que soi. Il faut être fort, courageux. S'habiller d'une armure invisible, intérieure. *C'est comme ça, on ne peut rien y faire.* Entre nous, en famille, on s'en amuse, on se dit *Les drames, on sait ce que c'est, on a connu, ça, c'est fait.* Et puis, on ne s'appesantit pas, on passe à autre chose.

Selon mon interlocuteur, le mot sort de ma bouche aujourd'hui adulte. Je veux narguer celui qui m'écoute, l'impressionner par ma bravoure. En dessous, je lui signifie *Je peux dire « la Mort », ça ne me fait rien. Je n'ai pas peur.* Ou *Je connais bien la Mort et personne ne peut la connaître aussi bien que moi. On ne va pas m'apprendre la douleur. J'en ai été témoin, je l'ai ressentie.* À ce jeu-là, je suis la plus forte, je bats tout le monde, je touche jusqu'à l'empathie. Et davantage encore si je le dis en souriant. Quand on perd quelque part, il faut bien gagner ailleurs.

1982

Mon père m'annonce quelque chose que je sais déjà. J'y étais, ce jour-là. Dans l'appartement. On m'emmène dans une pièce. À l'écart. Je n'ai pas peur, c'est un visage familier et aimant qui me tend la main. Nadou me demande de rester là, de ne pas sortir, elle va revenir. Je n'ai pas peur mais je suis curieuse, comme tous les enfants. Une fois la porte refermée derrière elle, je regarde par le trou de la serrure. Je vois un grand canapé, quelqu'un allongé, et une immense araignée qui recouvre de ses pattes le corps allongé. Souvenir d'enfant. Les pattes de l'araignée sont les pompiers qui s'occupent d'elle. Je n'ai pas ouvert la porte. Est-ce que j'ai reconnu ma mère allongée sur ce canapé ? Au moment où mon père me parle, dans le jardin, ce souvenir ne me revient pas. Je ne sais plus quand il me reviendra.

1984

Je ne pose pas de questions tout de suite. Je n'en ai pas besoin.

Toutes les bouches de la famille sont grandes ouvertes pour m'intégrer, me réchauffer à leurs souvenirs. Ils parlent. Ils me racontent la vie avant la mort. Leur vie avant leurs morts. Je les bénis en silence, mes oreilles elles aussi grandes ouvertes. Je n'ai qu'une peur, que mes conteurs ne se mettent à pleurer, d'un seul coup, à l'évocation de leurs souvenirs. Qu'ils ne pleurent devant moi, pour moi, sans que je sois capable de les consoler.

Je les laisse suivre le fil de l'histoire, je n'ose pas toujours les regarder et leur joie nettement visible d'évoquer ces années bénies finit de m'étrangler.

La digue au bord des yeux cède, c'est moi qui pleure. Pas eux, ils sont bien plus forts que moi.

J'interromps leur récit d'un geste de la main, en chuchotant : « Arrête, arrête. »

Et ma grand-mère de conclure par un : « Mais non, pourquoi ? Il faut en parler… »

Épatante, toute souriante qu'elle est.

Pour ne pas pleurer, ils doivent parler.

Les vivants veulent rester fidèles aux morts. Parler d'eux pour ne pas les oublier.

Moi, je ne sais plus si je veux les entendre ou réclamer leur silence. Ce que j'entends a l'air si beau, si joyeux, si vivant : les vacances, les chiens César et Lucca, les mines bronzées, Ramatuelle, Cogolin, tous beaux en maillots de bain, la piscine, le bateau, les repas, la salade de pommes de terre de ma mère, les fêtes, les foulards dans ses cheveux, les caftans qu'elle portait. Les rires, les regards d'amour, ça me pince de ne pas avoir été là ou trop petite pour m'en souvenir. La grande époque, la grande vie.

Tous me répètent à quel point j'ai été une enfant désirée par ma mère. C'est leur devoir envers elle, disparue. La défendre, porter sa parole, sa pensée. Ils veulent que je l'entende.

J'ai l'attention d'un enfant de chœur un dimanche de Pâques. Je suis tout ouïe.

Eux ont ri avec elle, ont parlé des heures, ont bu, mangé, se sont baignés avec elle, l'ont touchée, embrassée, enlacée, consolée. Cela me suffit. Le monde extérieur me renvoie l'image d'une icône au destin brisé, vouée au malheur. De l'autre côté, à l'intérieur de la maison, c'est une femme, presque comme les autres, douée, très douée pour son métier, avec certes une beauté hors du commun mais qui n'impressionne pas plus que cela ceux qui m'en parlent, ils font le constat de choses indéniables, comme toutes ses qualités et certains de ses défauts. Ils sont objectifs dans leur amour. Ils ne l'encensent pas, ils la traitent comme une personne normale. On lui dit quand elle exagère. C'est ça aimer quelqu'un, c'est lui dire aussi quand il ou elle se trompe. Voilà pourquoi elle se sentait bien avec eux. Ils ne sont pas anormalement impressionnés par son statut. Ils ne cherchent pas la lumière, ils n'ont pas de regrets dans leur vie, aucune frustration, aucun désir inavoué pour la vie d'artiste. Ils ont une belle vie, des amis chers, des loisirs, de belles vacances, fruits de travail et de dépenses raisonnables. Ils aiment simplement cette femme, ma mère, parce que leur fils l'aime, parce qu'elle est absolument aimable.

Elle sent cet amour simple. Tout le monde s'aime et cela suffit.

Tout ce qu'ils me racontent d'elle sonne juste à mes oreilles. Ils ne mentent pas, ne noircissent ni n'édulcorent aucun des événements, anecdotes vécus avec elle, à ses côtés. Ils sont dans le vrai. Même dans leurs questionnements, leurs doutes.

Nombreux documentaires ou biographies la décrivent particulièrement malheureuse, dépressive, dépendante. « Mais enfin ! Ta mère n'était pas comme ça ! À les entendre, on a l'impression qu'elle pleurait toute la journée, mais non ! Elle riait ! On en a passé des soirées à rire avec ta mère ! » Ils plongent dans une colère triste, inquiète. J'entends mon père me dire. « Je t'assure, chérie, j'en viens à me demander si j'ai vécu avec celle qu'ils décrivent. Non, ce n'est pas cette femme-là que j'ai connue, pendant onze ans ! »

On me demande ce qui fait que ma mère reste inoubliable. Voici ce que je pense : un visage lumineux, une photogénie proche du magnétisme, un jeu d'actrice authentique, une carrière déjà grande que l'on aurait aimée plus longue encore, des hommes aimés, des enfants adorés, un drame effroyable, une vie vécue.

Sans oublier l'époque, celle de l'émancipation de la femme. Elle a joué des rôles auxquels toutes les femmes pouvaient s'identifier.

Les planètes étaient alignées.

Peut-être que, devant tant de qualités, il n'y a pas besoin de trop en dire, de chercher pourquoi, il suffirait d'admirer, en silence, d'observer, comme on se tient devant un tableau. Une œuvre d'art. Avec ses repentirs et ses imperfections.

Si nous l'aimons, continuons de regarder ses films, il n'y aura pas de plus bel hommage. Aucune raison de théoriser davantage sur sa vie, ses choix.

J'aurais aimé la voir dans plus de comédies, il y a eu selon moi, dans les propositions et dans ses choix, trop de rôles dramatiques. J'ai dit pendant longtemps qu'un de mes films préférés d'elle était *What's New Pussycat?* de Woody Allen avec le si charmant Peter O'Toole et la brûlante Ursula Andress. Ma mère adapte son jeu au rythme endiablé de la comédie et ça lui va très bien. Il faudrait que je le revoie, tiens.

Mon Dieu, que je trouve ridicule de saluer autant la fameuse scène de *L'important c'est d'aimer* de Zulawski, où elle pleure toutes les larmes de son corps à califourchon sur un homme, en petite tenue, nue dans tous les sens du terme en fait : « Non, ne faites pas de photos s'il vous plaît, j'suis une comédienne vous savez, je sais faire des trucs bien, ça je le fais pour bouffer, alors, ne faites pas de photos… », ces mots dans sa bouche, tout le monde y voyait, y voit une identification totale avec son personnage, qu'elle ne joue plus un rôle, que c'est elle qui parle. Dans cette scène, la caméra est son partenaire, elle la regarde en face, on pourrait croire qu'elle s'adresse à nous tous qui la regardons et pas seulement au personnage du paparazzi, incarné par Fabio Testi, qui est en train de voler ces images de tournage. Ma pauvre mère si souvent poursuivie, et son fils, mon frère, *no comment*, jusqu'à la morgue.

Bien sûr, dans cette scène de *L'important c'est d'aimer*, elle est bouleversante parce que ces larmes sont vraies, salées, venues du fond de son âme. Mais cette tendance chez les journalistes à ne passer que cet extrait m'a toujours dérangée. Comme s'il y avait une jouissance perverse à la voir pleurant.

Du voyeurisme, en somme.

Je ne peux pas être une spectatrice lambda. Peut-être que je redeviens une petite fille en la regardant. Une petite fille qui ne veut pas voir sa mère pleurer, qui voudrait la consoler sur-le-champ, une petite fille qui voudrait qu'on arrête de la faire pleurer. Ou qu'on arrête de la regarder souffrir. Peut-être que le public lui-même a cette réaction enfantine. Et que c'est pour ça que nous sommes bouleversés ?

Naturellement, c'est son métier, qu'elle a choisi, qu'elle aime faire. Je ne dois pas m'inquiéter, elle ne pleure pas pour de vrai. Et pourtant si.

Pourquoi ne pas montrer plutôt la scène de la voilette, c'est-à-dire la rencontre entre Philippe Noiret et elle dans *Le Vieux Fusil*, tournée à La Closerie des Lilas (un lieu de pèlerinage pour moi et un abri pour mes tête-à-tête amoureux). Elle y est désarmante de beauté, Philippe Noiret est désarçonné, lui, un cavalier hors pair. Les yeux de ma mère brillent d'excitation, elle rit, elle est en train de tomber amoureuse du personnage de Noiret. Lui est déjà conquis, comme nous tous qui les regardons.

Mes parents ont souvent dîné avec Philippe et sa femme Monique Chaumette à Marly.

J'ai moi-même dîné plusieurs fois avec eux chez ma marraine chérie Michelle de Broca, qui nous avait réunis. Il m'offrira un presse-papier, un cœur en verre, qu'il enveloppera dans une pochette en coton, rouge, avec des motifs, en guise de paquet cadeau. Tout le charme anglais, Philippe.

Aujourd'hui, je joue avec Deborah Grall, sa petite-fille, dans *Mademoiselle Julie*, mise en scène par Christophe Lidon. Nous nous connaissons et nous aimons déjà, elle et moi. Je me rappelle son émotion quand elle m'était tombée dans les bras, dans la basi-lique Sainte-Clotilde, à l'enterrement de Philippe. Son geste m'avait bouleversée. Nous avions pleuré ensemble. En répétition, elle apporte les bottes cava-lières de Philippe, des John Lobb sur mesure, avec leur embauchoir en bois gravé. Des œuvres d'art, ces bottes. Deborah les a proposées spontanément quand le metteur en scène cherchait un accessoire relatif au père de mademoiselle Julie, père qu'on ne voit jamais mais que Julie adore autant qu'elle le déteste.

Chaque soir, quand je tiens ses bottes entre mes mains, ses bottes que je regarde, que j'entoure de mes bras, je suis si émue. Ça dépasse le texte que je suis en train de dire, ça me dépasse, tant de beauté, tant de symboles, tant de générations traversées. Je viens de corriger, à la place des « tant », j'avais écrit des « trop ». C'est tellement mieux ainsi.

Être émue par la beauté du geste, et non par la tris-tesse.

Une autre scène que j'adore, qui, elle, passe heureusement de nombreuses fois.

Dans *Les Choses de la vie*, de Claude Sautet évidemment. La scène de la machine à écrire. Ma mère joue le personnage d'Hélène, traductrice ou interprète dans le film, je ne sais plus. Il fait chaud, Hélène a juste une serviette de bain nouée sur la poitrine, elle est assise, on voit ses épaules, sa peau dorée, ses yeux derrière des lunettes de vue à grosses montures en écailles. Elle tape à la machine, s'arrête, s'énerve sur un mot allemand qu'elle ne sait comment traduire en français.

« Comment dit-on en français pour dire "mentir" ? Enfin, non, pas mentir, mais "raconter des histoires" ? » Elle se retourne.

Michel Piccoli, le magnifique, est posté derrière elle. Il la regarde taper sur cette machine, il fume en la regardant, se touche les lèvres avec son pouce. La fumée de sa cigarette lui fait plisser les yeux (je le jure, j'écris tout ça de mémoire, que les puristes me pardonnent s'il y a des erreurs).

La caméra nous donne ensuite le point de vue de Piccoli : la nuque d'Hélène, ses cheveux relevés en chignon. Claude Sautet nous montre à nouveau le visage de Piccoli, la regardant, avec désir et ce qui passe pour du détachement chez cet acteur. En fait non, dans le film, il va quitter Hélène et, dans cette scène, il le sait déjà.

« Affabuler.
— Ah, c'est ça A-FFA-BU-LER.
— Avec deux F.

— Arrgghhh… » et je ne sais quel juron en allemand.

Michel Piccoli est mort l'année dernière. Je
regarde avec passion un documentaire diffusé à cette
triste occasion, qui lui est consacré. Réalisé de son
vivant. On y voit des images de lui, marchant dans un
square parisien, devancé ou suivi par la caméra qui le
filme, admirative, comme nous. On le voit assis sur
un banc. Il devient le narrateur de son histoire. C'est
sa voix que l'on entend sur les images. Il parle de sa
vie, ce sont bien sûr ses propres mots qu'il choisit
pour regarder en arrière. On le sent heureux de tout
ce qu'il a vécu, de tous ceux et celles qu'il a aimés.

Je revois sa carrière exceptionnelle. Et encore,
dans le documentaire, on parle surtout de cinéma et
peu de ses rôles au théâtre, pourtant grands et nombreux.

Des images d'archives précieuses d'interviews de
toute l'équipe de *La Grande Bouffe* de Marco Ferreri
et de la réception du film à Cannes, par exemple.

Tout d'un coup, sur les images de *Max et les Fer-
railleurs* et des *Choses de la vie*, il parle de ma mère.
Ce sont toujours ses mots, c'est toujours sa voix. Et ce
sont parmi les plus belles choses que j'aie entendues
sur ma mère. Je ne pouvais pas ne pas les reprendre
ici. Pour elle, et pour lui.

« Romy Schneider était vraie. Plus vraie que ses
rôles parfois. Par le mystère du talent mais aussi par
l'obstination à ne jamais mentir, à ne jamais tricher.

« Une star est un mirage. Elle est une star mais un jour, ayant connu des tours de valse, des coups de cœur, des bonheurs lumineux comme son sourire, des rencontres fulgurantes et des chagrins insupportables, un jour, Romy cessa d'être un mirage pour devenir un miroir, celui où se reflètent les joies et les peines du plus grand nombre. Mieux qu'une star. »

Je me souviens de la première fois que j'ai rencontré Michel Piccoli. Je n'avais pas vraiment pensé à prendre contact avec lui, comme tous ceux qui avaient connu ma mère. Je n'osais pas aller vers eux, j'avais peur de les emmerder. Je n'aimais pas la position de la petite fille qui cherche à savoir qui est sa mère et qui vient poser des questions. Je me sentais très mal à l'aise et je ne voulais pas provoquer le même trouble chez eux. Je ne voulais pas leur demander de remuer leur passé, je ne savais pas s'ils seraient heureux de le faire, pour elle, pour moi, et dans le doute je me suis abstenue. Je ne voulais pas avoir l'air du petit chiot qui s'accroche à leurs basques et dont ils voudraient gentiment se débarrasser en remuant la jambe.

En réalité, je ne voulais pas être celle qui demande. J'aurais préféré qu'ils m'appellent, spontanément, d'eux-mêmes, pour me parler d'elle.

J'imagine et je comprends aujourd'hui leur propre gêne et peut-être leur volonté de ne pas forcer les choses, la rencontre, le dialogue. Se disant à raison qu'il faudrait que la demande vienne de moi. Nous nous sommes tous dit la même chose et toutes les rencontres n'ont pas eu lieu. Les plus importantes, si. Bien sûr, Alain Delon, si fidèle, envers qui j'ai la même pudeur mal placée. Notre rencontre s'est faite tardivement elle aussi. Nous étions chacun campés sur notre propre sensibilité, notre propre gêne, nos propres attentes, peut-être. J'ai moins peur de mon émotion aujourd'hui. Je vais l'appeler ce soir, tiens. Je reviens à Michel Piccoli. Il joue *Le Roi Lear* aux Ateliers Berthier à Paris, je ne sais plus en quelle année. 2007 sans doute. Dans la distribution, il y a Julie-Marie Parmentier, Lisa Martino et Thierry Bosc, avec lequel je viens moi-même de jouer quelques mois auparavant.

Nous restons en contact, Thierry et moi, et c'est grâce à lui que la première rencontre se fait. Dans toute sa délicatesse, il devait sentir que je ne provoquerais rien. C'est donc Thierry qui un jour m'appelle en me disant : « Je crois que ça ferait plaisir à Michel de te rencontrer. » Je ne savais pas s'il disait vrai. J'ai répondu peut-être un : « Ah bon, tu es sûr ? » Et j'y suis allée, évidemment. En me disant que j'aurais dû le faire plus tôt.

C'est mon amie Caroline, toujours là dans les grands moments, qui m'accompagne. Après tout, elle connaît aussi bien Thierry Bosc mais c'est surtout parce qu'elle sait l'importance de ce rendez-vous pour moi. Voici ce qu'elle m'a écrit, il y a quelques semaines, lorsque la mort de Michel Piccoli a été rendue publique :

« J'ai pensé fort à toi et à cette rencontre inoubliable. Je me souviendrai toujours de ce moment suspendu quand il t'a vue, le silence, et d'un coup d'un seul cette colère contre ce pauvre régisseur (c'est vrai, il avait poussé une gueulante, personne n'avait compris pourquoi et encore moins la victime). On sentait que l'émotion le submergeait, et je nous revois toutes les deux à côté, tellement impressionnées… et je me souviens qu'il disait que ta mère, c'était son pote… C'est un souvenir intense de beauté. »

Nous étions très émus, en effet. Mais nous étions dignes, pour ma mère aussi.

J'avais oublié que Michel s'était énervé contre un régisseur. Pourquoi ai-je l'impression de me rappeler de si peu ? Peut-être parce que le moment est si important, qu'il symbolise tant, qu'on l'a tellement attendu. On oublie volontairement certaines choses.

J'ai écrit ensuite à Michel, il m'a répondu. Je suis allée le voir deux fois chez lui et son épouse, la douce Ludivine Clerc. Nous nous sommes appelés quelques fois au téléphone. Et puis le temps a passé, j'ai toujours beaucoup pensé à lui, sans garder le lien, comme une imbécile.

La première fois que je suis allée chez lui, que nous avons eu le temps de parler, juste entre nous, sa femme allant et venant, je me suis laissé aller à pleurer devant eux. Je n'ai pas réussi à m'en empêcher. J'avais envie de le toucher, de le prendre dans mes bras ou qu'il me prenne dans les siens, comme ils avaient pu le faire avec ma mère.

Comme si, à travers lui, c'est elle que je touchais. Je ne l'ai pas senti gêné par mon émotion. Lui aussi était ému. Il m'avoua que finalement, entre les tournages, ils ne se voyaient presque pas. Je ne me rappelle plus si nous avons parlé de cinéma, des films, des anecdotes de tournages. Il ne m'en reste rien. Peut-être parce que j'allais chercher quelque chose d'impossible. Sa résurrection ? Et qu'à part ça, rien ne m'intéresse ?

Ce n'était décidément pas leur métier qui attisait ma curiosité, à ce moment-là.

Aujourd'hui, toujours devant ce merveilleux documentaire sur lui, tous ses films incroyables, j'aurais pu en poser des questions.

Anna et ma grand-mère repassent devant mon little-table de travail. Cette fois, Anna est sur le dos de ma grand-mère, ses bras tout neufs autour de son cou fripé.

Je n'en reviens pas, je ris parce que je sais qu'il n'y a rien d'autre à faire, elles sont aussi têtues l'une que l'autre, malgré leurs quatre-vingt-six ans d'écart.

Je finis quand même par dire à la plus âgée :

« Mamie ! Ne la porte plus comme ça ! Ton dos ! » J'aurais pu ajouter « tes genoux ! »

« Au contraire ma chérie, c'est moins douloureux pour moi comme ça que de la porter dans mes bras, face à moi !

— Mais ne la porte pas du tout !!

— Mais si, ça va. »

Parmi les grandes rencontres, il y eut heureusement Claude Sautet, le chef d'orchestre en personne.

J'ai vingt ans, mon père participe à un documentaire sur ma mère pour ce qui n'est pas encore France Télévisions, je crois. Il en est en quelque sorte le rédacteur en chef, il est le narrateur et choisit les intervenants, les témoins à interviewer.

Claude Sautet est le premier sur la liste. Mon père et lui se connaissent d'autant mieux que, durant la vie amoureuse de mes parents, Claude et ma mère tourneront quatre films. Les deux hommes travaillent même ensemble, pendant plusieurs semaines, sur le scénario d'*Un mauvais fils*, d'après un roman écrit par mon père et jamais publié, que Claude a voulu adapter au cinéma. Depuis la mort de ma mère, ils se sont à peine revus.

Avant l'interview, mon père décide de me présenter Claude, et veut lui faire la surprise de ma venue. Ils doivent déjeuner ensemble à la « cantine » de Claude, avenue des Gobelins, la brasserie Marty. Je dois arriver pour le café. Je me souviens encore de l'émotion que je ressentais devant le restaurant, d'avoir passé la porte, le cœur prêt à exploser, le souffle coupé. Je suis accueillie dès l'entrée, comme dans tout bon établissement, je bredouille le nom de Claude au maître d'hôtel, ma timidité est à son comble, ce maître d'hôtel me cache, me protège, m'empêche de les voir, je cherche désespérément du regard le visage de mon père, de peur de tomber d'abord sur celui de Claude qui m'impressionne tant.

J'aperçois enfin mon père, il me voit aussi, il déploie un sourire ému, comme je lui en ai peu connu, ses yeux brillent sous l'effet de la surprise qu'il est sur le point de provoquer. Il regarde maintenant Claude pour voir si lui m'a vue. Est-ce qu'il me reconnaîtrait d'ailleurs ? Je ressemble à ma mère, c'est vrai mais, dans la brasserie, j'ai vingt ans, je suis encore joufflue ; pour *Les Choses de la vie*, leur premier film ensemble, ma mère a trente et un ans, elle est plus femme.

Claude me voit. Je le vois. Il est bouche bée. Je m'assois. Il répétera : « Alors ça, quelle surprise !… » J'ai tout vu passer sur son visage. Être pris de court, sa stupeur, son émotion : devant lui, vingt ans après, la fille de son amie tant aimée, dont la disparition brutale le laissa, comme Michel, comme Philippe et tant d'autres, profondément bouleversé.

Quatre ou cinq déjeuners ont suivi, en tête à tête, toujours dans le même restaurant, toujours à la même table, lui toujours en avance, à fumer des cigarillos les uns après les autres.

La deuxième moitié de chaque repas, nous avions, tous les deux, les larmes aux yeux, jusqu'à l'addition. Les larmes ne coulaient pas mais tout de même.

Je ne m'avouais pas encore mon désir de jouer la comédie. Nous ne parlions pas plus de cinéma que je ne le ferai avec Michel quelques années plus tard.

J'étais à l'époque à Paris III en Deug d'anglais. Il me parlait de ma mère et je sentais tout l'amour, l'amitié, tant d'intensité partagée entre eux.

Elle aurait aussi bien eu le droit de ne pas tout dire. Il y a toujours des choses dont on ne peut pas parler. On se dit que personne ne peut les entendre. On ne veut pas évoquer ses faiblesses, les faire vivre, dévoiler cette part de soi, honteuse peut-être ou moins belle.

Je ne veux pas avoir l'air de succomber aux théories du complot, d'adhérer aux visions mythiques de certains. Je ne veux pas penser qu'il y a un destin auquel on ne peut échapper et que celui de ma mère aurait été une succession de malheurs, qu'un si grand talent, une si grande beauté ne se vivent pas impunément.

J'ai émis toutes les possibilités, même son suicide, puisque ce doute, à l'extérieur, a longtemps plané. Qu'en penser ? Personne chez moi ne le soupçonne. Je ne lui en voudrais pas. Je sais ce qu'elle venait de traverser. Je sais la fatigue, la douleur, le chagrin. Ce n'est pas tellement comment la fin est arrivée qui me perturbe, c'est la fin en elle-même.

Je sais qu'elle a connu des moments d'incertitude terribles d'où personne n'arrivait à l'extraire, ou seulement partiellement, momentanément.

C'est comme ça, on ne peut rien y faire.

Me voici aujourd'hui à la place du parent. J'essaie donc de me rappeler comment j'ai appris tout ce que je sais aujourd'hui. Les moindres choses qui font de moi une personne fiable et savante dans certains domaines. L'inné comme l'acquis. Le sensoriel comme le matériel. Le plan de Paris que je maîtrise assez bien, les villes visitées, les livres lus, les films vus, les chanteurs écoutés, les paroles sues par cœur. Bien sûr, je te montrerai ses films, des films. T'emmènerai dans tous les musées, te ferai lire, te ferai danser.

Ça va y aller, les activités du mercredi et du samedi après-midi, c'est moi qui te le dis. J'ai fait danse classique, piano, tennis, sans avoir rien retenu.

Hors de question que toi tu t'arrêtes.

Sans oublier le temps venu où je serai ta vieille conne de mère qui ne comprend rien à rien.

Comment vais-je t'apprendre la confiance en soi, au plus tôt, moi qui peine encore à trouver la mienne ? Comment épanouir ta féminité, moi qui me maquille à peine, me donne un coup de peigne un jour sur deux et porte jean, baskets et culotte Petit Bateau ?

Pour une autre maison d'édition, deux jolies blondes, Élisabeth Bost et Karine Dusfour écrivent sur des orphelins qui ont réussi malgré tout. L'une d'entre elles a un fils, le père de ce fils est mort quand celui-ci avait cinq ans. Cette mère fait ce livre pour son fils, qu'il ait d'autres exemples sous les yeux. On peut s'en sortir. Elles m'apprennent que même si l'on n'a perdu qu'un seul parent, c'est le terme employé. Orphelin. Ce qui me semble bien plus dramatique que ma propre situation. Pourtant, elles me demandent de témoigner. Je pense *Elles sont folles, pas moi, je ne m'en sors toujours pas, je n'ai pas le sentiment d'avoir « réussi », je fais ce que je peux et j'ai déjà du mal*. Il faut que je donne l'exemple ? Quel exemple ? Comment peut-on être tout à fait capable à certains moments et tout à fait incapable à d'autres ? Pleurer ou rire. Parler ou se taire, sortir, se carapater. Chaque état, l'un après l'autre. C'est comme ça chez moi. Il faut s'y faire, ça peut devenir intéressant, on peut en faire quelque chose. J'arrive à cette conclusion, devant mes deux belles blondes, à haute voix.

2019

Un an et demi. Tu joues déjà avec nous. Ton sens de l'humour se développe. Te cacher derrière n'importe quoi et réapparaître tout à coup à nos yeux est l'une de tes plus grandes joies.

Tu tiens tes peluches serrées contre toi. Tu sais déjà aimer, câliner. Tu ressens le bien que cela fait, autant à toi qu'au lapin rose pâle ou au chien-loup gris blanc qui n'ont pas encore de surnom. Tu le sais parce que nous tous, ta famille, nous te cajolons dès que possible, en permanence, avec nos yeux, nos bras, nos bouches.

Ton frère aussi s'occupe de toi et te couvre de baisers. Sauf quand tu détruis ses minutieuses constructions de personnages, châteaux, super-héros ou cabanes.

Là, nous l'entendons crier depuis votre chambre : « Je vais la tuer, je voudrais qu'elle disparaisse. Qu'elle meure. »

Nous rions en silence, ton père et moi. Oui, j'arrive à sourire de sa colère. Je n'y vois rien d'autre que l'apprentissage d'une relation fraternelle. Miraculeusement, aucune folie ne m'envahit, je n'élève pas le ton, je n'essaie pas de lui expliquer qu'il ne peut pas savoir ce qu'il dit, qu'il ne peut pas dire une chose pareille. Je ne dis rien du tout. Je dois le laisser s'exprimer, nous sommes plus que jamais attentifs à son bien-être, depuis ton arrivée. Je frémis quelques secondes et la raison l'emporte heureusement. Je continue de laver ton biberon. Pour la énième fois.

Je ne sais pas pourquoi, parmi la multitude de sur-noms, j'ai souvent entendu mon père m'appeler sa « Beauté des îles ». Dans ma mémoire, je l'entends… Quand je l'interroge, il ne s'en souvient pas du tout. Moi qui cherchais une explication, avais-je été conçue sur une île de la Méditerranée ? Du Pacifique ? Bon, rien d'exotique apparemment, tant pis.

Quoi qu'il en soit, c'est avec le plus grand naturel que je me suis mise à t'appeler toi, Anna, ma Beauté du ciel, puisque c'est de là que tu viens, de ta grand-mère au ciel, qui nous regarde. J'arrête les violons.

Autre chose. J'ai fini par demander à mon père les détails de cette scène. Contrairement à moi, cette journée est restée gravée dans sa mémoire. Je me suis trompée.

Nous étions bien dans le jardin, mais pas devant les voitures.

Mon père m'a mise sur ses genoux, pour nous asseoir ensemble dans le silence de son Austin bleue. Cherchait-il une forme de solitude ? La protection de son habitacle ? Ne pas être dérangés ?

Je n'ai pas besoin de tous les détails. L'heure, le temps qu'il faisait, les vêtements que nous portions, ce n'est pas ce qui m'intéresse ici.

Je voulais revenir au cœur du souvenir, au cœur de qui nous étions, de qui nous sommes. Y revenir encore et toujours.

Mars-avril 2019

Depuis quelques semaines, tu marches, et tu gagnes en assurance.

Nous t'achetons tes premières véritables chaussures – des Kickers rouge vif – qui ressemblent à des minuscules bottes de cosmonaute, avec leur partie montante pour bien maintenir ta cheville en formation. Nous éloignons de ta portée tout objet dangereux. Un nouvel environnement, pour toi.

Comme lorsque tu es parvenue à tenir ton biberon fermement de tes deux mains et à boire seule, tu gagnes en autonomie, et nos lombaires, en léger repos. Nous ne sommes plus obligés de te porter en permanence. Tu sais tenir sur tes jambes.

Quand je te laisse debout, au sol, hors de mes bras, je rigole doucement en posant ma main dans ton dos. « Allez, va, fais ta vie maintenant ! »

Et tu pars retrouver tes jouets, tous tes amis à plumes et à poils synthétiques.

Va, ma Beauté du ciel, je t'aime tant.
Maman.

Le temps passe et il y a un temps pour tout. Un temps pour rejeter, un autre pour chercher, un autre pour aimer. Je me détends.

Au fond j'allais déjà très bien, pourquoi me suis-je lancée dans ce travail ?

Où est passée ma joie ? Ai-je bien fait de m'adresser à toi directement ? Que vas-tu penser de ta mère ? Comme toi, je range ma chambre, mes pensées.

Je regarde les choses en face.

Je suis en train d'écrire et je te vois passer en courant devant moi, tu éclates de rire. Monique court après toi, un masque de plongée en forme de grenouille sur le nez. « C'est moi la grenouille ! C'est moi la grenouille ! »

Vision surréaliste de poésie.

Je vais vous rejoindre, je ne veux plus y penser. Je croyais avoir réglé tout cela, accepté ce qui était, comment les choses étaient arrivées.

Tout va bien, j'aime les vivants, les morts aussi. Passons à autre chose. Je veux m'occuper de toi, Anna.

Il n'y a pas de fin à cette histoire. Tu grandiras, je vieillirai et c'est parfait ainsi.

Nous allons bientôt déménager. Je trie, je range, je jette, encore. Je retrouve un petit carnet noir dans lequel j'ai inscrit ce qui ressort de mes premières séances de psychanalyse, et cette phrase en particulier : « Il y en a qui meurent sans être nés. »

Qui vient de naître ici ? Nous deux. Toi, puis moi.

Je cherche mes mots. J'y reviens, j'efface, je recommence, je biffe, j'ajoute, il y a plusieurs étapes dans ce travail, cela me semble interminable (à mon éditeur aussi). J'arrive à la fin de cette écriture, à la fin de ce petit voyage commencé le soir de ce 1er mai 2017, où j'ai senti qu'il était possible et même nécessaire de faire du beau avec du laid, du léger avec du lourd. De partir à la reconquête des siens et de soi.

La vie et la mort m'ont définie. Ma survie à la mort de mes plus proches. Ta naissance, par laquelle je renais aussi. Maintenant il n'y a plus qu'à vivre, mon Cœur. Ton cœur va battre. Mon cœur et ton cœur, ensemble.

La mort est devenue fertile. Elle produit une somme de choses incroyables pour ceux qui restent. L'engrais des vivants. Autant de petits signes éparpillés. Il n'y a pas trente-six manières de voir les choses. Soit tu suis les morts, soit tu restes en vie. J'ai bien fait d'attendre, tu es arrivée. Ne crois pas que je veuille coller une charge supplémentaire sur tes frêles épaules. Tu ne me dois rien et je te dois tout. À qui je parle ? À vous deux en même temps.

Le Livre de Poche s'engage pour
l'environnement en réduisant
l'empreinte carbone de ses livres.
Celle de cet exemplaire est de :
250 g éq. CO₂
Rendez-vous sur
www.livredepoche-durable.fr

**PAPIER À BASE DE
FIBRES CERTIFIÉES**

Composition réalisée par PCA

———————

Achevé d'imprimer en France par
CPI BRODARD & TAUPIN (72200 La Flèche)
en août 2022
N° d'impression : 3049338
Dépôt légal 1ʳᵉ publication : août 2022
LIBRAIRIE GÉNÉRALE FRANÇAISE
21, rue du Montparnasse – 75298 Paris Cedex 06

44/7445/3